Hildegard Schaufelberger

Mein Kleid so rot

Ein Leben in Geschichten und Gedichten

Bibliografische Information Der Deutschen Bibliothek:
Die Deutsche Bibliothek verzeichnet diese Publikation in der Deut-
schen Nationalbibliografie; detaillierte bibliografische Daten sind im
Internet über <http://dnb.ddb.de> abrufbar.

© 2006 Hildegard Schaufelberger
www.Hildegard-Schaufelberger.de

Buchgestaltung: Gabriel M. Schaufelberger

Herstellung: Books on Demand GmbH, Norderstedt

ISBN 3-8334-5501-2

Inhaltsverzeichnis

Geschichten und *gedichte*

Der dunkle Schoß der Erde	7
Von einem Baum, der durch die Bank wuchs	10
Der missglückte Hitlergruß	12
haus der kindheit	14
Mein Freund Peter	16
Von allen blauen Hügeln	18
Für Elise	21
das wars	24
Die Lokomotive brennt	27
1945. Die Katastrophe	29
mors	32
Anton I	33
Mein Kleid so rot	36
Straße in einen fremden Ort	38
schuld	40
Komm Kind, komm	41
Der Apfel ist ab	43
schirm zumachen	46
Treasure Hunt	47
RR	49
du bist	51
Ganz einfach Danke	52
Anton II	55
Rom Au-pair	58
Z' Basel an mym Rhii	61
ich	64
Fräulein Dünser	66
In Flammen stehen	68

unzeit 70

Eine trotzige Frau 71

wilder wein 75

Kleines Glück 77

Lust am Jenseits 79

hiobs mutter 81

Anton III 83

träume 84

Der Haussegen hängt schief 85

Zum Dank einen Samowar 88

Barbara F. 91

heute 94

Alles fließt 95

Der Preis 98

Rosmarienheide die Farbe verlor 101

transit 104

Salat für die Gäste 105

Ein priesterlicher Mensch 107

wintermorgen 110

Es geht mir gut. Es geht mir gut? 111

Ein Telefongespräch 114

Der Blitzer 116

Lob der Langsamkeit 118

Kinder nach dem Herzen Gottes 120

Als Johanna verloren ging 122

der kasten 125

Stillleben mit Nonne 127

Aus dem dunklen Schoß der Erde

Es gibt Menschen, die erinnern sich weit zurück in ihrem Leben. Oder glauben dies wenigstens. Ja, sie meinen, noch das Guckeda überm Wiegebettchen in den Ohren zu haben. Bei mir war das anders. Ich löste mich nur langsam von dem dunklen Schoß der Erde. Das erste, was ich von dieser Welt wahrnahm, war Licht. Nicht das alltägliche Licht des Tages. Sondern bestimmte Lichterscheinungen. Licht aus dem Schatten, aus dem Dunkel. Das Allererste, woran ich mich erinnere, war Folgendes: Ich lag im Bett. Durch die halbgeschlossenen Jalousien schien Sonnenlicht und warf seine tanzenden Lichtmuster auf das neben mir stehende Bücherregal. Ein anderes Erinnerungsbild: Ich stehe in der Dunkelheit des Abends vor der Haustür und schaue die Sterne. Ein unauslöschliches Bild. Und dann der Blitz! Während meine Schwester Marilene sich vor Angst verkroch, stand ich mit ausgebreiteten Armen auf dem Balkon und empfing den Blitz. Die Blitze. Welch ein Glück!

Ich war ein ganz normales Kind. Wir lebten damals in der Josefssiedlung in Berlin-Tegel. Ein Stadtkind. Aber einmal sah ich eine Kuh. Noch nie hatte ich eine Kuh gesehen. Und ich lief zu meiner Mutter und berichtete ihr atemlos von einem riesengroßen Maikäfer. Ein andermal kam eine Nachbarsfrau aus dem Haus und hatte einen Pelz um den Hals. Man kennt das: Den Fuchskopf hinten und den Schwanz vorne (oder umgekehrt). Und ich schrie durch die halbe Siedlung: Die Frau hat einen abgeschlachten Hund um den Hals. Ein ganz normales Kind.

Aber ich hatte einen Buckel. Jedenfalls fand das meine Großmutter Bachmann. Und sie zeigte mir auf der Straße einen Mann mit einem Höcker. So einen, dessen Nase fast das Knie berührt. Und sie sagte: So wirst du aussehen, eines Tages. Das sollte mir Angst machen und machte es auch. Eigentlich hatte ich nur eine schlechte Haltung. Die Pädagogik dieser Angstmache verfehlte nicht ihren Zweck. Nur, dass meine Erzieher unterschiedliche Therapien im Auge hatten. Meine Großmutter wollte ein Korsett für mich. Geradehalter hieß das. Meine Mutter aber kam aus der Reformbewegung. Schon ihre Mutter hatte ihre neun Kinder um die Jahrhundertwende in frischer Luft und der Bewegungsfreiheit der Priessnitz-Kneipp-Gärten erzogen. Meine Mutter setzte sich durch. Ich wurde noch vor der Schule in die Gymnastik geschickt. Und weg war der Buckel.

Dann der Schulanfang. Wir wohnten damals schon in Berlin-Wilmersdorf. Ich war erst fünf Jahre alt. Meine Schule fing nicht wie bei anderen Kindern mit i-Schreiben an, meine Schule begann mit Verkehrserziehung. Denn Berlin hatte in diesen frühen Dreißiger Jahren schon ein beträchtliches Verkehrsaufkommen. Da war der Unterricht nötig. Ich hatte einen ziemlich weiten Schulweg. Am schönsten schien er mir im Winter, wenn es morgens noch dunkel war und die einzelnen Fenster der Mietshäuser wie im Adventskalender aus dem Dunkel leuchteten.

Einmal auf einem solchen morgendlichen Schulweg trat ein Mann aus einem dunklen Hausgang hervor und hielt mir etwas hin: Ein Hämmerchen, mit dem ich auf ein Ding klopfen sollte, das er in der Hand hielt. Aber der Mann war mir unheimlich, und ich wollte auch nicht auf seinem Dingsda herumklopfen. So rannte ich schnell weg.

Aber da hatte ich den bergenden Schoß der Erde schon lange verlassen.

Von einem Baum, der durch die Bank wuchs.

Mein Name Hildegard ist in der Familie meines Vaters üblich. Auch, dass er nicht abgekürzt wurde. Nur mit einer Ausnahme: Die Schwester meiner Großmutter Bachmann, geb. Rogge wurde Hilli genannt. Tante Hilli. Also eigentlich meine Großtante. Tante Hilli war Geschäftsfrau wie ihre Mutter. Schon diese sagenhafte Ida Rogge – meine Urgroßmutter – war Geschäftsfrau gewesen. Sie hatte gleich neben dem Friseurgeschäft ihres Mannes Heinrich in Nordhausen einen eigenen Hutsalon. Ich bin stolz darauf.

Tante Hilli war mit Richard Dietrich verheiratet, der einen Kolonialwarenladen – hieß das damals so? – in Bleicherode im Harz betrieb. Bei den beiden waren wir als Kinder öfters zu Besuch. Ein Paradies. Im Laden gab es alles was man sich nur wünscht. Saure Gurken in Fässern, Bonbons in großen Gläsern und Harzer Käse. Aber das Paradies bestand auch noch aus einem Garten, der mich vielfältig in Staunen versetzte. Gab es doch dort einen Baum mit einer Bank drumherum. Darüber mußte ich viel nachdenken. War die Bank um den Baum herum gebaut worden, oder war gar der Baum durch die fertige Bank hindurchgewachsen? Es gab auch Blümlein am Rand der Gartenbeete. Eigentlich waren es gefüllte Gänseblümchen, aber man nannte sie dort „Tausendschönchen" oder auch „Maßliebchen". Auch das gab mir viel zu denken. Eine Blume mit zwei Namen, welche Besonderheit. Ich hatte nur einen.

In der Nachbarschaft gab es auch noch eine kleine Freundin, Inge Erdmanger hieß sie. Mein Vater, der Spaßvogel, sprach das immer französisch aus: erd manger. Bei Inge Erdmanger war ich einmal – 1935 – zum Geburtstag eingeladen. Das war noch in meiner Zeit der Zahnlücken, und ich lispelte daher. Bei dem Geburtstag goss ein anderes Mädchen von der heißen Schokolade in die Untertasse um sie abzukühlen. Das empörte mich maßlos und ich sagte: „Macht man das bei euch zu Hause auch so?" Aber da ich lispelte, hörte sich das so an: „Macht man daß bei euch ßu Hauße auch ßo?" Das ging in die Familienchronik ein, mein Vater hat es immer wieder gern zum Besten gegeben.

Was blieb, war der Harzer Käse. Den mochte ich fürs Leben gern. Und auf meine inständige Bitte hin schickte mir Onkel Richard einmal ein Päckchen davon nach Berlin.

Der missglückte Hitlergruß

1942. In der Adolf-Hitler-Straße 107 – später Studien-
heim St. Georg, jetzt Karl-Rahner-Haus und Carolus-
haus, war damals das sogenannte KaGyKo untergebracht, das „Katholische Gymnasialkonvikt", wo die
Buben vom Land wohnten, um in Freiburg das Gymnasium besuchen zu können. Als vom Hitler-Staat das
Jugenddienstgesetz erlassen wurde, weigerte sich der
Rektor des Hauses, seine Zöglinge in die Hitler-Jugend
zu schicken. Doch damit wurde er zum Staatsfeind er-
klärt, und die Jungen mußten in die Pflicht-HJ und bekamen das Recht aberkannt, die ehrenvolle HJ-Uniform
zu tragen.

So wurde eben in Zivilkleidung exerziert. Nun war
unter den Jungen einer, Wendelin Dietzenschmidt,
Sohn eines christlichen Schriftstellers, der ein Freund
meiner Eltern gewesen ist. Wendelin fiel dadurch auf,
daß er statt des üblichen Wintermantels die Pelerine
seines älteren Bruders trug, eine Art Cape. Als nun
einmal wieder an einem trüben Novembertag Exerzieren angesagt war, mußte jeder der Jungen vor dem
Scharführer defilieren und den Hitlergruß üben. Als
Wendelin an der Reihe war, sah das ungeheuer komisch
aus, wie da seine erhobene Hand mit dem Cape immer
wieder einen Viertelkreis beschrieb –was bei der ange-
tretenen Riege johlendes Gelächter auslöste. Der Scharführer fühlte sich davon gefoppt und verpasste Wendelin Strafexerzieren, wobei er an Ort und Stelle und im
Dreck Liegestützen hätte absolvieren müssen. Doch das
wäre in dem Cape noch grotesker gewesen und hätte es
außerdem auch verdreckt, und so verweigerte Wendelin

den Befehl. Fazit: Jugendarrest am schulfreien Wochenende.

Aber es gab dann auch eine Rehabilitierung: Die kräftigen Buben vom Land schlugen die Städter der HJ-Gefolgschaft 9 und 10 beim Fußball im Stadion mit einem prachtvollen Ergebnis. Damit hatte man Respekt vor ihnen, auch ohne Uniform.

Und was Wendelin betrifft: Seinem Vater, Anton Franz Dietzenschmidt, warf – wie zu hören war – eines Tages die Ehefrau Bücher zum Fenster hinaus, weil sie es auf die Dauer nicht ertrug, welchen Vorrang er ihnen vor der großen Familie gab. Als dann gleich nach dem Krieg eines seiner liturgischen Spiele in Freiburg uraufgeführt wurde, lud als Rache der Meister dazu statt seiner Frau meine soeben verwitwete Mutter an seine Seite.

So war das.

haus der kindheit

Als ich den weg
zur autowerkstätte fuhr
war an der letzten kreuzung
die ampel rot
nach rechts aber
öffnete sich
grün ein weg
das war nicht meiner
heute
das war der weg
zum haus der kindheit

ich fuhr ihn
neugierig
tastend voran
unter abgeblühten kastanien
bis ich vor ihm stand
dem haus der kindheit
die luft schmeckte
noch wie damals
unbegreiflich nach erde und regen
aber ich hatte den schlüssel nicht
das haus
gehörte mir nicht mehr

fremde leute
ließen mich ein
hörten meine geschichte
aber sie interessierte sie nicht
sie fuhren in ihren geschäften fort

denn sie waren gerade dabei
ihre eigene geschichte zu weben
und wussten nicht
dass auch sie ihnen bald schon
nicht mehr gehört

ich startete meinen wagen
und wußte dabei
wir alle sind fremde hier
über kurz oder lang
nichts gehört uns auf dauer
mir gehört in diesem moment
nur der wagen
auf dem weg zur reparatur
ich fuhr zur kreuzung zurück
und dann geradeaus

Mein Freund Peter

In unserer Klasse des Friedrich-Gymnasiums war einer, Peter v. Mentzingen, der war der Originellste von allen. Um den Bauch trug er nach orientalischer Sitte (er war damals gerade aus Istanbul zugezogen) einen langen Schal, der in den Pausen immer wieder neu aufgewickelt werden mußte. Dabei hielt dann einer von uns das lose Ende und Peter drehte sich wie ein Kreisel, bis alles abgerollt war. Und dasselbe dann wieder rückwärts, bis der Schal ihm wieder schön den Bauch wärmte.

Peter kam jeden Tag mit dem Zug von Hugstetten in die Freiburger Schule. Wer mit ihm besonders gut befreundet war, durfte ihn auch in Hugstetten besuchen. Ich gehörte dazu, obwohl ich ein Mädchen war. Als ich das erstemal zu ihm kam, beschrieb er mir den Weg folgendermaßen: „Also vom Bahnhof der Straße entlang bis du an ein Gatter kommst. Auf dem steht: EINTRITT VERBOTEN. Da musst du hinein."

Im Park des Schlosses, wo Peter wohnte, spielten wir die herrlichsten Spiele. Sie alle hatte sich Peter ausgedacht. Eines davon hieß „Eulen-Amalorio" (weiß der Himmel, was dieses Wort bedeutete). Eulen-Amalorio fand auf dem Baum statt, man spielte sozusagen Fangen auf dem Baum. Dass man dabei oft bis in die dünneren Verästelungen flüchten musste, machte die Waghalsigkeit dieses Spieles und seinen besonderen Reiz aus. Bei einem anderen Spiel bekämpfte man sich mit Bohnenstangen, die auf keinen Fall dabei kaputt gehen durften – eher wir. Das Tollste aber war ein Spiel, dessen Namen ich nicht mehr weiß. Dabei musste man unter dem Johlen der Dorfjugend von einer Brücke über dem Bach in Richtung Wasser springen, sich im Fallen an einem von einem Ast herabhängenden Seil halten und auf ihm schwingend dann rückwärts wieder auf der Brücke landen. Das glückte mir einmal, ein zweites Mal fiel ich in den Bach. Da war ich nun pitschnass und mein Dirndlkleid (!) wurde kurzerhand vor einem Fenster des Schlosses zum Trocknen gehisst.

Dass in dieser Zeit Krieg war, muss ich mir heute vom Verstand her sagen. Wir hatten ein wunderbar freies Leben, unsere Väter waren im Krieg oder schon gefallen. Wir wachten erst auf, als Peters Familie von den Nationalsozialisten in Sippenhaft genommen wurde, im Zusammenhang mit dem Attentat auf Hitler am 20. Juli 1944. Peters Mutter – so stellte sich heraus – war eine geborene Stauffenberg.

Von allen blauen Hügeln

Vom 10. bis zum 14. Lebensjahr waren im National-sozialismus die Mädchen bei den „Jungmädeln" organi-siert, die Jungen bei den „Pimpfen". Danach kamen die Mädchen automatisch in den BDM, den „Bund deut-scher Mädel". Das war Pflicht. Ich selbst kam mit 12 Jahren dazu. Meine Eltern duldeten das, als Glieder des Widerstandes durften sie auf keinen Fall auffallen.

Ich ging gerne zu den Jungmädeln. Mit 12 Jahren sucht jeder Anschluß an eine Gruppe, und eine andere stand nicht zur Wahl. Die Nazis hatten alle Gruppen, auch die konfessionellen und die Pfadfinder, verboten. Mir gefiel das Meiste, was man dort machte. Der Mess-platz in der Freiburger Oberwiehre war unser Tummel-platz. Mir machte auch das Exerzieren Spaß: Der Grö-ße nach aufstellen, Augen nach links und abzählen. Wir machten auch häufig Geländespiele im nahen Sternwald oder sammelten Heilkräuter, die dann fein säuberlich auf dem Speicher unseres Heimes getrocknet wurden – für die Lazarette, wie es hieß. Glauben konnte ich das allerdings nicht. Für Schwerverwundete – dachte ich – sind Tees sicher nicht die geeignete Medizin. In dem Heim hatten wir auch unsere Gruppenstunden. Wor-über, weiß ich nicht mehr. Nur dass Hitlers Biografie eine große Rolle spielte.

Dort sangen wir auch Lieder. Die meisten gefielen mir, etwa: „Von allen blauen Hügeln / reitet der Tag ins Land". Aber es gab auch Politisches, klar. So schmetter-te ich mit den anderen, voll von den Allmachtsfantasien meiner Vorpubertät „Denn heute gehört uns Deutsch-land / und morgen die ganze Welt". Obwohl mir das ehrlich ein bisschen komisch vorkam. Eines der Lieder war:

> Der Herr Pastor / der isst die Gäns so gerne
> Er lässt sie kommen aus der weiten Ferne
> Er lupft die Beine / vor Lust und Freude
> Und frisst sie auf mitsamt der sauren Soß.

Aber das sang ich nie mit. Da hielt ich den Mund. Ich kannte nur asketische Priester, keine Gänsefresser. Nur solche, die auch in der Nazizeit ein offenes Wort riskierten. So zum Beispiel unser Pfarrer Alois Eckert, der spätere Präsident des Caritasverbandes. Oder die Priester, denen ich in verschwiegenen Wäldern bei den geheimen Treffen des „Quickborn" (einer offiziell verbotenen Jugendbewegung) begegnete. Also, da sang ich nicht mit.

Wir sahen allesamt hübsch aus. Die Nazis hatten eine sehr kleidsame Kluft von der bündischen Jugend übernommen: Bei den Jungmädeln war der kurze Rock auf die weiße Bluse geknöpft, die Pimpfe hatten hübsche kurze Hosen. Und alle miteinander Schlips und Knoten. Ich selbst durfte nur so eine Pseudo-Uniform tragen, etwas annähernd Zusammengestelltes, aber Schlips und Knoten hatte ich auch.

Nun muss man sich das alles einmal in der Masse vorstellen, beim Appell oder erst recht bei den großen Aufmärschen! Dann marschierten die einzelnen „Fähnlein" aus den vielen Stadtbezirken sternförmig auf einen bestimmten Platz in Freiburg zu, um sich dort in geometrischer Ordnung aufzustellen zur großen Kundgebung. Das war schon eine faszinierende Inszenierung! Gar zu gerne hätte ich dabei einen der Wimpel getragen, aber das erlaubten meine Eltern nicht.

Welches Menschenbild wurde uns damals aufgedrückt? Die deutsche Frau – so hieß es – ist rein. Und dazu bestimmt, einmal Mutter zu werden von möglichst vielen (reinen!) Kindern. Dass die dann einmal als Soldaten verheizt würden, wurde nicht gesagt. Es wurde auch nur solche Literatur gefördert, die diese Reinheit darstellte. So zum Beispiel der „Taugenichts" von Eichendorff. Das gefiel uns schon. Mit Jungens wollten wir kleinen Mädchen sowieso nichts zu tun haben. Nur für RR hatte ich Augen auf dem Messplatz.

So weit meine Erfahrungen als Jungmädel. In den BDM bin ich nie mehr gekommen. Als ich 1944 vierzehn war, steckte Deutschland schon mitten im Zusammenbruch.

Für Elise

Huari Huari / Potosi / Bolivien / Südamerika.

Das hatte Magie. Das war für uns wie ein Zauberspruch. Wir kannten ihn alle auswendig. Aber es war kein Zauberspruch. Es war die Heimatadresse von unserer Klavierlehrerin Maria Walterspiel.

Vater Walterspiel besaß dort Silberminen und war ein reicher, angesehener Mann. In den dreißiger Jahren hatte er seine Frau mit Herbert, Maria und Finchen nach Deutschland gebracht, um den Kindern eine gute Ausbildung zu ermöglichen. Herbert wurde Arzt, Maria studierte Musik und Finchen machte ein technisches Diplom, ich glaube Landwirtschaft. So wohnten die Vier in ihrem Haus in der Freiburger Maltererstraße. Bis mit Beginn des Krieges 1939 jede Verbindung nach drüben abbrach. Es gab kein Zurück mehr. Wahrscheinlich auch kein Geld mehr von drüben. Was blieb, war die so magisch anmutende Adresse. Wir kannten ja nichts über die Grenzen Nazideutschlands hinaus („Deutschland, Deutschland über alles!"). Und Maria Walterspiel bestritt jetzt ihren Lebensunterhalt mit Klavierstunden.

Dabei war Maria keineswegs nur eine Klavierlehrerin. Sie war auf eine damals ganz neuzeitliche Art Klavierpädagogin. Es wurde also nicht nur Diabelli eingeübt und für Fortgeschrittene die Kinderszenen von Robert Schumann. Die Schüler lernten auch Musiktheorie. Wir erarbeiteten uns einzelne Komponisten und legten ein Büchlein über sie an. Ich kann mich auch nicht an so schreckliche Ereignisse erinnern wie ein jährliches Schülervorspiel vor bewundernden Eltern, mit steifen Kleidern und verschwitzten Händen. Bei uns gab es einmal im Jahr einen bunten Nachmittag im Garten unter Walterspiels Kirschbaum, wo es – vermutlich – Kakao gab und jeder von uns beitrug, was er gerade konnte. Wir vier Geschwister spielten Sketche, und Anton Schilling zauberte. Es gab auch noch Hans Maier, etwas steif und schüchtern, und die beiden Rubys, Rudolf und Maria, die am nächsten wohnten. Sie krochen einfach durch den Gartenzaun – und schon waren sie da. Und dann gab es noch Beate Waibel, mit der mich Maria Walterspiel später in den Bach-Chor zu Theo Egel schickte. An die anderen erinnere ich mich nicht mehr.

Die Jahre gingen vorbei und der Krieg auch. Zwischen Huari Huari und Freiburg war über die ganzen Kriegsjahre kein Kontakt möglich gewesen. Jetzt auf einmal gab es ein Telefongespräch. Lebenszeichen von einem Ende der Welt zum anderen: Wir sind alle noch da. Und gesund. Ein Telefongespräch wie von nebenan, laut und deutlich. Es war wie ein Wunder. Kommt, hieß es zum Schluss, kommt doch wieder zurück nach Bolivien.

Und sie kamen zurück. Ob die Mutter das noch erlebte, weiß ich nicht. Aber Finchen kam. Und Maria. Und Herbert. Maria brachte sogar einen Bräutigam mit, Richard Fischer, einen Ingenieur. Bloß dass der dann nicht sie, sondern Finchen heiratete. Aber die Rosen, auf die man dort einmal gebettet war, welkten in den Zeitläufen sehr schnell. Die Minen wurden radikal enteignet und das Privatvermögen auch. Und so gab Maria weiterhin Klavierunterricht und tut es noch. Eine feine alte Dame, die damit ihren Lebensunterhalt verdienen muss.

Und was hat die Musik mit uns, den Freiburger Schülern, gemacht? Rudolf wurde Musikproduzent mit einer kleinen, erlesenen Firma. Hans Maier wurde nicht nur Professor und bayerischer Kultusminister, sondern auch ein hochbegabter Orgelspieler, der Konzerte gab. Meine Schwestern beglückten ihre Familien, Kinder und später Enkel mit hübschen Liedern, Musikstücken und -stückchen. Anton Schilling, der so früh sterben musste, hatte immer ein großes Publikum, wenn er am Klavier saß und Lieder seines Großvaters, eigene Kompositionen und klassische Stücke spielte. Beate Waibel verlor ich aus den Augen.

Und ich? Eigentlich kann ich nur noch Beethovens „Für Elise" spielen. Und auch davon nur den Anfang.

das wars

Sie sagten
ihr lebensbaum steht im herbst
das scheint mir noch schmeichelhaft
ich sehe nur dürres geäst
wie greisenfinger
anklagend gegen den himmel gereckt
ihr leben
das wars
madame

sie sagten mir
und schworen darauf
dass sie mal achtzehn waren
ich dachte es gleich
solch ein haufen enttäuschung
muss mal ein haufen
hoffnung gewesen sein
für solche glut
ist viel feuer abgebrannt
das ist vorbei
keiner legt mehr auf
das wars
madame

sie sagten auch
an ihrer wiege
stand einst die musik
diese dame
war gewiss äußerst schüchtern
sie verstand es nicht
sich durchzusetzen

ihr ganzes leben lang
und jetzt noch in ihren träumen
madame

immer steht sie da
die musik
klein und grau
und mault
das wars
madame

was war denn nun eigentlich
madame
    das haus in berlin
    die zeit der trümmer
    und die zeit danach
    die kinder
    der mann
    die nachbarn
    die freunde
    alle tranken mich leer
    ließen mich zurück
    wie eine getrocknete zwetschge

aber dazwischen
madame
    dazwischen
    tatsächlich
    ja
    da gab es momente
    da wurde mir schwindelig
    vor glück

vielleicht zehn
oder hundert

das wars
madame

Die Lokomotive brennt

Sommer 1944.

Der Zweite Weltkrieg ist in eine heiße Phase gekommen. In der Normandie sind die Alliierten Truppen gelandet und kämpfen sich durch das besetzte Frankreich Richtung Deutschland durch. Wie sind sie aufzuhalten? Von wem? Alle verfügbaren Männer sind an den Fronten und die Frauen mit dem Überleben ihrer Familien mehr als beschäftigt. Also bleiben die Kinder. Die Halbwüchsigen. Und die werden jetzt rekrutiert.

Es gibt den Plan, einen Westwall zu bauen. Einen Graben längs der Westfront, der die heranziehenden Panzer aufhalten soll. Und so geschieht es, dass nach den Sommerferien die Schulen geschlossen bleiben und die Schüler stattdessen an die Front marschieren um diesen Westwall zu bauen. Zu schanzen, wie es heißt. Und so setzt sich eines Tages, noch vor dem Morgengrauen, eine lange Kolonne in Bewegung und zieht durch die Freiburger Schwarzwaldstraße hinunter zum Hauptbahnhof, ich mittendrin. Wer hat, trägt einen Spaten geschultert. So werden wir mit dem Zug vor Ort gebracht, für uns ist das Norsingen am Kaiserstuhl. Morgen für Morgen. Und am Abend wieder mit dem Zug nach Hause.

Die Aliierten beobachten diese Bewegungen sehr genau. Tiefflieger kreisen über dem Ort der Handlung. Und greifen an. Eines frühen Morgens heißt es: Raus aus dem Zug und in den Graben in Deckung! Da liege ich nun, und vor mir wird unsere Lokomotive in Brand geschossen. Zum Glück ist niemand von uns verletzt. Dennoch graben wir weiter, unaufhörlich. Die Gräben sind schon recht tief und breit, alle paar Meter bleibt vorerst ein Stollen stehen, dass wir uns ducken können, wenn die Tiefflieger angreifen. Wovon wir uns ernähren? Keine Mutter hat uns in dieser wirren Zeit Butterbrote mitgegeben wie zu einem Schulausflug. Gibt es eine Gulaschkanone? Ich weiß es nicht mehr. Wir nähren uns von Maiskolben aus den nahen Feldern.

Und wir schanzen unaufhörlich weiter. Weil der Beschuss auf uns zunimmt, schanzen wir schließlich im Dunkel der Nacht. Das heißt nun: Abends aufbrechen und im Morgengrauen wieder heim. Mit der Zeit gibt es kaum mehr Züge. Uns bleibt nichts anderes übrig, als zur Heimfahrt Autos anzuhalten. Von denen gibt es genug. Die deutschen Soldaten flüchten vor dem heranrückenden Feind aus Frankreich nach Deutschland hinein und nehmen uns mit – Soldaten einer geschlagenen Armee. Wir kauern mit diesen erschöpften Gestalten auf der Ladefläche, wenn wir Glück haben. Wenn wir kein Glück haben, sitzen wir auf dem Kotflügel. Gefährdet sind wir jungen Mädchen offensichtlich nicht. Die Soldaten sind zu erschöpft, zu demoralisiert, um sich an uns zu vergreifen.

Der Westwall war Deutschlands vorletztes Aufgebot. Wir schanzten bis tief in den Herbst hinein. Bis am 27. November der schwere Angriff auf Freiburg allem ein Ende setzte und nur noch das Chaos herrschte. Und unser Westwall? Die Spitze der Invasion setzte einfach ein paar Panzer hinein und benützte sie so als Brücke um unaufhaltsam weiter nach Deutschland einzudringen. Das allerletzte Aufgebot waren dann wieder die Kinder, die beschönigend „We(h)rwölfe" genannt wurden. Und die alten Männer, der „Volkssturm".

1945. Die Katastrophe

Nach dem schweren Bombenangriff auf Freiburg am 27. November 1944 floh meine Familie Bachmann mit einem Lazarettzug aus der brennenden Stadt Richtung Schwäbisch Gmünd. Dort hatte uns Theresia Leicht, genannt Utz, in ihrer kleinen Wohnung einen Fluchtort angeboten. Meine Mutter und ich hüteten noch eine Weile das Haus in Freiburg und kamen dann mit dem großen Flüchtlingstreck nach.

Ich weiß noch gut, wie das neue Jahr 1945 – welches das katastrophale Kriegsende bringen sollte – begann. In der Silvesternacht kam die Durchhalteparole im Radio:

> Oh Welt, du schöne du
> Man sieht dich vor Blüten kaum.

Welch ein Hohn! Im frühen Frühjahr marschierten bereits die Amerikaner in Schwäbisch Gmünd ein. In der Stadt fanden sie keinen Widerstand. Die Kinder (ich war dafür schon zu groß mit meinen fünfzehn Jahren) liefen den Soldaten entgegen und bekamen Schokolade. Paul Heck, der Verlobte meiner Schwester Marilene, der als Arzt im Krankenhaus arbeitete, wurde dort interniert, und wir konnten ihn vor seinem Fenster besuchen. Aber der Frieden war trügerisch. Bereits vor der Stadt war die Grenze, jenseits derer noch erbittert gekämpft wurde. Werwölfe waren dort im Einsatz und Männer des Volkssturms. An der Grenze waren Posten aufgestellt, große, kräftige Amis.

Ich hatte die Aufgabe, jeden Tag für meine Geschwister eine Kanne Milch im angrenzenden Dorf zu holen. Mit einer unglaublichen Sturheit tat ich das auch an jenem Kriegstag. Nicht einmal dem Posten gelang es mich aufzuhalten. Ich musste meine Milch holen. Dazu stieg ich über Leichen, duckte mich im Kugelhagel. Aber ich bekam die Milch. Brachte sie heim. Keiner rügte mich hinterher. Es war alles so durcheinander, alles ohne Gesetz. Die Katastrophe.

Im Mai wagten wir dann, nach Hause aufzubrechen. Meine Mutter hatte ein Schreiben für alle Pfarrhäuser unterwegs, dass sie die große Familie aufnehmen mögen. Unser erstes Ziel war Trossingen. Ein Lastwagen nahm uns bis dort hin mit. Auf diesem Lastwagen waren lauter junge Soldaten, die ausgerissen waren und wie wir den Heimweg suchten. Einer fragte die Zwillinge, wohin sie wollten. Und als sie „Freiburg" hörten, baten sie die beiden Kinder, doch dort in der Reischstraße vorbeizugehen bei Familie Soundso und ihnen zu melden, dass ihr Sohn noch in den letzten Kriegstagen gefallen sei. Die Zwillinge taten das dann auch, zwei Elfjährige Hand in Hand, später, als wir angelangt waren. Und dann gingen sie wieder heim. Zum Glück hatte man sie dort nach ihrer Adresse gefragt, denn gleich darauf kamen die total verstörten Eltern zu meiner Mutter und fragten nach dem Wahrheitsgehalt dieser Nachricht. Vielleicht kann man sich so etwas heute gar nicht mehr vorstellen. Es war das Chaos des Zusammenbruchs.

Aber zuvor noch wanderten wir von Trossingen aus von Pfarrhaus zu Pfarrhaus, die kleinste Schwester Margret immer im Wägelchen. Als wir dann auf Freiburg zumarschierten, brannte die Maisonne heiß auf unsere kleine, abgewetzte Schar. Wir hatten Durst. Am Eingang Freiburgs machten wir in einem Gasthaus kurze Rast, und ich trank mein erstes Bier. Nie mehr habe ich mit solcher Lust ein Bier getrunken.

Unser Haus stand noch. Nur hatten sich ausgebombte Nachbarn inzwischen dort einquartiert. Aber das war alles nicht so schlimm.

Für diesmal waren wir der Katastrophe entglitten.

mors

tuch an tuch
hatte es sie
an den schwarzen
hingeschleudert
den schwarzschwarzen

wie endgültig das war
zeigte sich
als das leben
die letzten signale funkte
goldene punkte
im schwarz
letzte spuren
vom lebensglanz
vom kindheitsglanz

ausreichend
für den übergang

Anton I

Es war ein knappes Jahr nach dem Ende des Zweiten Weltkrieges, März 1946. Mein Vater war heil aus der Gefangenschaft zurückgekommen und baute in Frankfurt am Main einen Verlag auf. Meine Mutter war für ein paar Tage zu ihm gefahren. Wir Geschwister blieben in der Obhut von Fräulein Elisabeth Biakowski. Keiner von uns konnte sie leiden, wir respektierten sie auch nicht. Da kam mein Schulfreund Anton Schilling eines Morgens mit der Nachricht, er wisse einen Lastwagen, der ins Höllental fährt. Und er fuhr, und ich mit. Schule war für uns an diesem Morgen kein Thema. Und weil gerade mein kleiner Bruder Winfried greifbar war, nahm ich ihn kurzerhand mit.

Wir kamen bis zum Titisee. Welch ein Glück! Er war noch zugefroren, wir alberten, und die Jungens tanzten weit hinaus. Doch da war das Eis dann dünn, und sie brachen ein. Ich stand am Rand des Sees und dachte erst, sie machen Quatsch. Doch dann wurde mir bald der Ernst der Situation klar und ich pirschte mich zu ihnen hin, zuletzt auf dem Bauch, wie es so sein soll. Ich zog zuerst den Anton aus dem Eisloch und dann den Winfried (eine Reihenfolge, die er mir heute noch übel nimmt!). Jetzt waren wir alle drei pitschnass und suchten Zuflucht in einem nahegelegenen Bauernhaus um uns zu trocknen. Heim jedenfalls wollten wir noch nicht. Weiter gings stattdessen, zu Fuß durch den späten Nachmittag, Richtung Bonndorf. Dort fand sich ein Quartier für uns und wir schlüpften in die Betten. Es war ein Dachgeschoss, für Winfried und mich gab es ein richtiges Bett, für Anton muss es irgendein Lager auf dem Speicher gewesen sein. Ich wachte morgens davon auf, dass Anton sagte: Vor meinem Fenster fahren die Regentropfen Seilbahn. Also, es regnete. Doch das machte uns nichts aus. Wir wollten durch die romantische Wutachschlucht wandern. Und das taten wir auch.

Am Eingang der Schlucht stand eine Tafel für ein abgestürztes Kind. Auf der Tafel war ein Gedicht mit dem Vers:

> Ich lebe und weiß nicht wie lang
> Ich sterbe und weiß nicht wann
> Ich fahre und weiß nicht wohin
> Mich wundert, dass ich so fröhlich bin.

Das schreckte uns keineswegs, machte uns eher vergnügt, und so blieben wir den ganzen Tag und vielleicht noch eine Nacht. Es gab dort auch ein verfallenes Bauernhaus, in das hockten wir uns hinein und träumten: Von einer Zukunft, die wir beide darin erleben wollten. Anton, indem er dichtete und komponierte und ich (oh altes, anerzogenes Rollenbild!), indem ich den Garten pflegte.

Irgendwann waren wir satt von der Freiheit und machten uns auf den Heimweg. Den Anton plagte nun doch ein Referat, das er in der Klasse halten sollte über Viktor v. Scheffels „Juniperus". Aber ich dürfe auf keinen Fall dabei sein, sagte er. Das geniere ihn, und am besten solle ich die Schule noch einen weiteren Tag schwänzen. Dass uns inzwischen – alarmiert von Fräulein Biakowski – die Polizei suchte, daran dachten wir nicht („Zwei Halbwüchsige mit einem Kind"). Frau Schilling mochte es gewohnt sei, dass ihr Jüngster tagelang in den Wäldern streunte. Ich sehe uns noch an der gesprengten Ravennabrücke stehen, schauen und träumen und Blumen pflücken. Schlüsselblumen warens. Es war der 25. März.

Das war der Tag, an dem mein Vater in Frankfurt tödlich verunglückte.

Mein Kleid so rot

1946. Wir krochen aus den Trümmern hervor und schüttelten uns. Und schon wollten wir wieder hübsch aussehen. Hübsche Kleider anhaben. So war das deutschlandweit. Nicht umsonst hatten die in diesem Jahr herausgegebenen Schnittmusterbogen in Aenne Burdas „Burda Moden" solch einen guten Start. Denn: Wie macht man sich hübsch 1946? Man näht sich Kleider. Zwar gab es noch keine Stoffe. Aber die Frauen waren findig. Es gab ja noch Vorhänge an den Fenstern daheim, nutzlos gewordene Fahnen und Uniformen.

Die Schule hatte für uns Fünfzehnjährige noch nicht wieder begonnen. In der Hansjakobstraße gab es uns gegenüber das Schwesternhaus St. Carolus mit einer Nähstation. Da waltete Sr. Consolatrix. Dorthin nun ging ich mit einer Freundin. In einer Schlange stand man vor dem Nähtisch der Schwester und wartete, bis sie einem den mitgebrachten Stoff zuschnitt und in den verschiedenen Arbeitsgängen weiterhalf. Immer blieb sie freundlich und geduldig. Die Frauen und Mädchen nähten für sich selbst, für ihre Kinder oder Geschwister. Noch der letzte Fetzen Stoff wurde unter der kundigen Hand der Schwester zu einem kleidsamen Stück. Unsere Zwillinge, 12 Jahre alt, bekamen jede einen fahnenroten Pyjama. Mit einem Hakenkreuz auf dem unschuldigen Po. Einmal, als ich gerade weiße Schürzen nähte für einen ins Auge gefassten Krankenschwesternkurs, kam ein anderes junges Mädchen auf mich zu und vertraute mir an, dass sie in den Orden der Schönstattschwestern eintreten werde. Und ob ich auch ...? Nein, ich nicht.

Bei uns zu Hause gab es noch den Uniformmantel meines Vaters. Er hatte ihn getragen bei seinem tödlichen Unfall in Frankfurt. Befleckt mit seinem Blut, hatte sich noch niemand bisher getraut ihn fortzuwerfen. Jetzt wurde auch er dem großen Näheifer zugeführt. Er kam in die Reinigung und dann wie neu unter die milde Hand von Sr. Consolatrix. Schnipp und Schnapp wurde daraus ein Rock für mich, dazu ein Jäckchen. Ich trug es lange mit Stolz. Ein kleines Stück Auferstehung, ein Stück Weiterleben nach dem Tod.

Sr. Consolatrix ging dann irgendwann dahin. In der Anonymität einer Ordensfrau. Die Jahre schluckten ihre kleine Person. So wie auch Sr. Goswina von der Schwesterngemeinschaft irgendwann dahinging, die Leiterin der Station. Und Sr. Kostka, die Krankenschwester. Man könnte noch ihr Grab finden. Bei all den Schwesterngräbern neben dem Mutterhaus, aufgereiht wie eine Armee von Soldaten beim Appell.

Straße in einen fremden Ort

Zu einem Jubiläum des deutschen Caritasverbandes wurde 1947 ein Laienspiel aufgeführt. Es war das St. Elisabeth-Spiel von Marie-Luise Thurmair. Aufführende war die Laienspielschar unter Jupp Vlatten. Uraufführung am Elisabethtag, dem 19. November. Und ich sollte die Hauptrolle spielen.

Ich war damals nicht mehr auf dem Friedrichgymnasium. In der Unterprima abgegangen, weil meine Mutter es so wollte. Ich hatte auch selbst wegen der großen häuslichen Belastung keine Hoffnung mehr bis zum Abitur mitzuhalten. In diese unruhige und ungeborgene Zeit fiel das Spiel. Laienspiele waren damals hoch im Kurs, ein Erbe der Jugendbewegung. Im Gegensatz zum professionellen Theater spielte hier jeder sich selbst und seine Möglichkeiten. Das Spiel sah die Hl. Elisabeth vor, wie sie die Ehe mit ihrem Mann lebte - geschwisterlich, es war noch eine recht unerotische Zeit - und wie sie seinen Tod bestand.

Die Einzelheiten des Spiels weiß ich nicht mehr genau. Ich weiß nur, dass ein Leichnam darin eine große Rolle spielte, der Leichnam vom Gatten Ludwig. An dessen Bahre musste ich als Elisabeth weinen und seinen Tod beklagen:

> oh noch eine Tagreis mit ihm reiten
> eh sich auf immer die Wege scheiden

Für meine innere Gestimmtheit war die Wahl des Leichnams sehr wichtig genommen worden. Sie fiel auf einen Studenten der Sozialen Männerschule (hieß sie so?), die im Werthmannhaus untergebracht war: Hubert

R., einen jüngst aus der Kriegsgefangenschaft entlassenen Piloten der Luftwaffe, der jetzt sein Studium als Küster in der Adelhauserkirche verdiente.

Zur Uraufführung wurden wir Spieler gut und sorgfältig eingestimmt. Ich trank damals den ersten Bohnenkaffee meines Lebens. Und dann sprach der geistliche Begleiter von personare = hindurchtönen. Die Person, die jetzt jeder darzustellen hatte, müsse ein Hindurchtönen der inneren Stimme in uns sein.

Die Innigkeit zwischen Elisabeth und ihrem toten Gatten blieb auch nach dem Spiel, in der realen Welt, das ist nicht so leicht zu trennen. Hubert R. brachte mich öfter heim, und einmal nahm er lange meine Hand in die Seine. Ich wuchs durch den Umgang mit ihm und seinen Kommilitonen in die Arbeit der Sozialen Frauen- und Männerschule hinein, und in mir klangen Saiten an, die ich vorher an mir nicht kannte: die sozialen Saiten. Meiner Mutter war das nur recht. Sie vermittelte mir gleich eine Ausbildung an der Krankenpflegeschule in Köln-Hohenlind.

Hubert R. blieb mir lange treu. Ich aber tastete meinen Weg voran, auf der Suche nach mir selbst, nach meiner Bestimmung. Die sollte sich auf Dauer nicht nur von der sozialen Arbeit, sondern auch von Hubert R. entfernen. Als er das gewahr wurde, nahm er Abschied. Und er schickte mir ein Lyrik-Bändchen von Käthe Rheindorf und schrieb als Widmung hinein:

Irgendwo bin ich Straße
in einen fremden Ort.
Du gehst heim und schreitest
ruhig über mich fort.

schuld

Wir machen uns unaufhörlich schuldig
nur allein deshalb
dass wir menschen sind
werden wir schuldig
das ist nicht sünde
das ist
eine grundbefindlichkeit

vielleicht ist es gut
dass wir schuldig werden
das bewahrt uns nämlich
vor der größten schuld
dem hochmut
wie viele menschen doch
lehnen sich selbstzufrieden
zurück
im warmen bett
des hochmuts

ich glaube nicht mehr
an verdienst
und sünde vor gott
an die göttliche buchhaltung
ich glaube inzwischen
an gottes gnade

herr nimm mein gelingen
mein versagen
herr
erbarme dich meiner

Komm Kind, komm

Es geschah, dass ich nicht zum Abitur kommen sollte. Aus familiären Gründen. Und meiner Mutter - jetzt verwitwet - war eine wissenschaftliche Laufbahn ihrer Zweitältesten sowieso ein Dorn im Auge gewesen. Statt dessen wurde eine Krankenschwesterausbildung im Caritaskrankenhaus Köln-Hohenlind ins Auge gefasst. Zumindest einmal eine Probezeit von September bis Dezember 1948. Um es vorwegzunehmen: Ich bestand sie nicht. Zwar bereitete ich mich sorgfältig darauf vor und nähte im Nähkurs von St. Carolus meine Schwesternschürzen und -kittel. Eine Teilnehmerin fragte mich, ob ich ins Kloster gehen wolle. Sie selbst gehe zu den Schönstatt-Schwestern. Nun, das wollte ich nicht.

Ich fuhr in das zerbombte Köln. Ich fuhr durch Köln bis nach Hohenlind. In meinem Gepäck hatte ich zwei Bücher: Einmal Sophokles' Antigone auf Griechisch, zum anderen ein Lyrikbändchen von Käthe Rheindorf, das mich versöhnen sollte mit dem Niederrhein:

> Unter den Brücken schlafen
> Stürme tagverloht.
> Schiffe betasten den Hafen
> Türme das Abendrot.

Beide Bücher hätten mich stutzig machen sollen, dass ich da nicht an den rechten Ort geriet, der mir entsprach. Nicht in das rechte Rudel, in das ich passte. Vorerst ließ ich mich auf die Ausbildung ein. Schwester Benedikta, eine stämmige, resolute Ordensschwester, die über den Lernschwestern thronte, wies mich ein. Nun gehörte ich also fürs Erste zu den vielen jungen

Schwestern mit den hübschen Häubchen. Wir hatten ein Zimmer zu dritt. Aufstehen morgens sehr früh zur Heiligen Messe. Abends rechtzeitig ins Bett. Meine Arbeit war die einer Anfängerin: Binden falten, Töpfe schieben, Sitzen bei Narkosepatienten. Ich war offensichtlich nicht sehr wendig, nicht unkompliziert genug, litt zu sehr mit.

Meine eigentliche Bestätigung fand ich woanders. Es wurde nämlich ein Laienspiel geprobt für einen Festakt im Winter, und da machte ich mit. Das war meine Welt. Nur dass es mich körperlich an den Rande brachte. Bis tief in die Nacht proben und morgens früh in die Messe - das hielt ich auf die Dauer nicht aus. Ich brauche sowieso viel Schlaf und war zudem schließlich ein Kriegskind. Und so geschah, was geschehen musste: Ich hielt nicht durch, und meine Seele geriet in die große Not des Versagens. Da schrieb ich an Sr. Sophia, die Direktorin des Internats Klosterwald: Bitte nehmt mich, lasst mich bei euch Abitur machen. Und in die Ungewissheit der Zukunft hinein beendete ich meine Probezeit in Hohenlind und fuhr heim. Kein großer Bahnhof. Nur die Zwillinge holten mich ab. Ich war die Unerwünschte, die Versagerin. Meine Ungewissheit und Verunsicherung peinigten mich wie mit tausend Nadeln.

Da kam am Neujahrsmorgen 1949 der Brief von Sr. Sophia: Komm Kind, komm zu uns, mach bei uns Abitur.

Der Apfel ist ab

In Klosterwald blühte ich auf. Ich war endlich wieder auf der Fährte, die mein Vater für mich gelegt hatte. Ich blühte auf wie eine der japanischen Papiermuscheln, die sich im Wasser rasch zu einer wunderbaren Blüte entfalten. Schulisch war ich endlich mal nur auf mein Lernen konzentriert. Viel Zeit hatte ich ja nicht. Ich kam im Januar 1949, im Juli sollte das Abitur sein. Es gab eine ganze Menge nachzuholen. Zuerst natürlich ein ganzes Schuljahr, das ich durch die Unterbrechung versäumt hatte. Dann ein ganzes Schülerleben voller Defizite. Durch das häufige Umziehen meiner Familie waren erhebliche Lücken entstanden. Und davon nicht genug, hatte ich ja in der Quarta erst von der Mädchenschule auf das Gymnasium gewechselt. Dann schlug natürlich der Krieg Lücken in unseren Schulalltag mit Fliegeralarm, Heilkräuter sammeln, Lumpen sammeln, Kartoffelkäfer sammeln, Schanzen am Westwall. Alte Lehrer, weil die jungen im Feld waren. Keine Lernmoral, weil die Väter ebenfalls im Feld waren und die Mütter vom Überleben gefordert. Ein Schülerleben voller Defizite. All das musste in diesen wenigen Monaten aufgeholt werden.

Ich glaube, ich war mir dessen gar nicht bewusst, sonst hätte ich den Kopf verloren. Ich verlor ihn aber nicht. Eigentlich genoss ich meine Situation. Am liebsten studierte ich in einer Ecke des umgebauten Klosterspeichers. Für Griechisch und Latein, was sonst niemand dort lernte, hatte ich Sonderunterricht bei dem alten Professor Utz, der - da es noch keine Schulbücher gab - mir die Texte zum Übersetzen eigens von Hand abschrieb. Im übrigen war ich in die Abiturklasse eingegliedert. Das waren acht Mädchen von sehr unterschiedlicher Schulreife, wie ich selbst ja auch. Am schwierigsten hatte ich es mit den naturwissenschaftlichen Fächern, die waren in meiner humanistischen Schulbildung unterentwickelt geblieben. In Physik ging es zum Glück uns allen so, in Mathematik schied sich die kleine Klasse in die Guten und in die „Tschapperl“. Ich war ein Tschapperl.

Mir gefiel das Leben in Klosterwald. Wir schliefen zwar in einem großen Schlafsaal, aber jedes Bett hatte seinen weißen Vorhang und damit ein bisschen Intimität. Die Klasse mochte mich. Damals herrschte in Wald noch der Adel vor und durch ihn eine gewisse Lebensarroganz, die mir gut tat. Es wurde alles nicht so wichtig genommen. Keine Verbissenheit auf das kommende Ereignis hin. So entschlüpfte ich eines Tages mit den Genzmer-Schwestern nach Sigmaringen, um den neuen Film „Der Apfel ist ab“ anzusehen - ein Film, der uns mächtig inspirierte in seiner uns gänzlich ungewohnten Absurdität, und den wir gleich danach in der Klasse vorführen mussten. Eine Mordsgaudi. Die Liobaschwestern waren uns überhaupt mit großer Toleranz zugewandt. Sr. Sophia, die Direktorin, kam jeden Abend an jedes Bett um uns ein Segenskreuzchen zu machen und nach unserer Abendlektüre zu sehen. Allerdings - obwohl sie mir diese Schule ermöglicht hatte - ihr Liebling war ich nicht. Da sie selbst aus dem Adel kam, war ihr dieser Stand näher, und ihr „bestes Pferd im Stall“ war Osy v. Waldburg-Zeil.

Zum mündlichen Abitur dann in Sigmaringen wurden wir von Sr. Martha-Maria mit ihrem Auto (Hanomag?) gekarrt, und siehe da, es gelang allen von uns, zwar recht unterschiedlich, aber es gelang. Welch ein Stein von meinem Herzen! Danach begannen die Pläne. Ich wollte unbedingt Germanistik studieren mit Blick auf den Journalismus, und Sr. Sophia hatte schon einen Platz für mich ins Auge gefasst in Fribourg/Schweiz, wo ich als Werkstudentin hätte meinen Unterhalt verdienen können. So kam ich wieder nach Freiburg zu meiner Familie.

Dort hatte inzwischen meine Mutter dem Medizinstudenten Josef F., der um mich angehalten hatte, Hoffnung gemacht. Zudem schrie der ganze vaterlose Haushalt nach einer Person, die mithilft und Geld verdient, und diese Person sollte ich sein. Da zerplatzten alle meine Träume wie ein angestochener Luftballon. Und es kam der Tag wo ich weinte und weinte, und keiner wollte mich hören.

Ein Nevenzusammenbruch.

schirm zumachen

Schirm zumachen
aus eigener kraft
wenn ich denke
es ist das ende

schirm zumachen
wenn ich denke
was danach kommt
kann nur noch leere sein
lebensleid
dahindämmern
ohne höhepunkte
ohne sinn

schirm zumachen
wer sagt mir
den schmerzlichen
augenblick

Treasure Hunt

Nirgendwo spielten wir so herrliche Spiele wie bei
den Landbaronen. So kam eines Tages, Anfang der
1950er Jahre, eine Einladung auf das Schloss Neuers-
hausen, von wo aus eine „treasure hunt" stattfinden
sollte. Das hörte sich großartig an für uns, die wir des
Englischen ungewohnt waren, aber es war klar, das ist
so eine Art Pfadfinderspiel. Einladender war Michael,
mein Freund Michael Marschall v. Bieberstein, und das
Spiel ging so:

Zuerst gab es eine dicke Gemüsesuppe (die Barone
waren nicht reich), dann wurde man in Zweiergruppen
aufgeteilt, und jede Gruppe bekam einen Spielplan.
Darin aufgezählt die Punkte, die wir abzuleisten hatten.
Und dann ging es um die Wette, welches Paar alles zuerst richtig gelöst hat. Mein ausländischer Partner und
ich hockten uns sofort ins Auto und rasten los.

Der erste Punkt, für den wir uns entschieden, war
die Thermalquelle am Badberg im Kaiserstuhl, aus der
wir Münzen zu fischen hatten. Das setzte einen Bade-
anzug und Taucherkünste voraus. Gut, irgendwie
schafften wir das. Dann gab es eine scheinbar simple,
aber, wie sich herausstellte, fast unlösbare Aufgabe: Das
Auffinden weißer Johannisbeeren. Und da einige Auf-
gaben in Breisach zu lösen waren, suchte ich dort auch
nach ihnen. Ich kannte von meinen Eltern her den
Schriftsteller Franz Johannes Weinrich, der auf dem
Münsterberg inmitten eines großen Gartens lebte. Der
staunte nicht schlecht, als wir mit unserem Anliegen zu
ihm kamen. Bloß weiße Johannisbeeren, die hatte er
nicht.

In Breisach gab es außerdem noch eine Aufgabe zu lösen, nämlich einen Epitaph im Münster zu entziffern, der fast nicht mehr lesbar war. Man musste sich also Hilfe suchen. Das könnte der Pfarrer sein, dachten wir. Bloß der Pfarrer war nicht greifbar, es war Samstagnachmittag und da saß er im Beichtstuhl. Ein paar Dreiste von uns gingen daher wie reuige Sünder in den Beichtstuhl um ihre Frage nach dem Epitaph zu stellen. Welche Antwort sie allerdings bekamen und ob überhaupt, weiß ich nicht, denn seine Lösungen behielt jeder klugerweise für sich. Und dann noch eine Aufgabe: Die Breisacher Rheinbrücke stellte damals die Verbindung der französisch besetzten Zone, in der wir lebten, zu Frankreich dar. Wer hinüber ging wurde kontrolliert und bekam einen Stempel. Die französischen Grenzer staunten nicht schlecht, als lauter junge Leute kamen, nur um sich den Stempel zu holen und wieder umzukehren.

Wir, mein Partner und ich, hatten großen Spass und großen Stress, nur einen Preis bekamen wir nicht. Den bekam Sven, Michaels Bruder. Der hatte nur ein Motorrad und die Ruhe weg. Er setzte sich erst einmal gemütlich in seinen Schlosspark und ging die Aufgabenliste durch. Brachte dann alles in eine planmäßige Ordnung, klärte im Vorfeld Unsicherheiten - notfalls telefonisch - und machte sich dann auf den Weg.

Und die weißen Johannisbeeren, die fand er im eigenen Garten.

RR

Gleich zu Beginn muss ich mich bei meinen Lesern entschuldigen. In dieser Geschichte passiert nämlich sozusagen überhaupt nichts. Jedenfalls nichts für einen neugierigen Leser. Aber in meinem Herzen, da ist unendlich viel passiert. Darum ist diese Geschichte so wichtig für mich. Darum muss ich sie aufschreiben.

Ich kann nicht einmal mehr sagen, wann es anfing. Ich war vielleicht 13 Jahre alt. Eigentlich habe ich den RR schon immer mit besonderer Aufmerksamkeit wahrgenommen, seit wir in Freiburg wohnten, und das ist seit meinem 12. Lebensjahr. Seine Familie war mit der unseren befreundet, sie wohnten nahe, und wir gingen in die gleiche Kirchengemeinde St. Carolus. Ich sehe ihn heute noch vor mir auf dem Schulweg radfahrend in seinem karierten Flanellhemd. Mein Herz flog ihm zu. Das war keine Schwärmerei, das war Liebe. Eine Liebe, fast zu groß für ein so junges Mädchen. Nur für ihn hatte ich Augen. Von ihm träumte ich. Ich betete noch seine Brüder aus dem Krieg nach Hause. Er wusste nichts davon. Vielleicht war das gut so. So konnte meine kindliche Fantasie sich ausleben, wurde durch keinen Gegenpol begrenzt.

Was zwischen uns geschah? Ich weiß es noch heute, jede Einzelheit. Aber für Sie, lieber Leser, ist dieses Wenige belanglos, es würde Sie langweilen. Kleine Gesten, kleine Begebenheiten, klitzekleine Worte. Seine Gegenwart in der Kirche, einmal ein Blick. Einmal ein Ausflug zusammen mit seiner Schwester in den Schwarzwald. Ich erbte die griechische Antigone von Sophokles mit seinem Namenszug, die ich noch heute besitze. Kurzum - stellen Sie sich einen Kaktus vor, mit wie wenig Nahrung er die schönste Blüte treibt. So war ich.

Noch im Internat Klosterwald, später dann, wartete meine Fantasie auf ihn. Wie oft stand ich am Fenster und schaute aus nach seinem Motorrad. Aber wie sollte er. Er wusste ja von nichts. Kurz darauf zerbrach etwas in mir, lautlos und tödlich. Denn meine Mutter schrieb, RR wolle nach dem Abitur Theologie studieren. Das bewirkte, dass ich mich willenlos auf einen Freier einließ, den meine Mutter begünstigte. Was hatte ich nun noch zu erwarten? Und als alles vorbei war, sagte RR dann auch einmal ein Wort. Das einzige Wort, das ich Ihnen überliefern kann. Er kommentierte das Geschehene mit TEMPI PASSATI. Einmal, als er krank war, schickte ich ihm Blumen in die Klinik. Sie landeten auf dem Marienaltar.

Verzeihen Sie, aber das wars schon. Ich sagte ja, dass es für Sie langweilig wird. Später einmal, wir waren schon beide weit über 60, trafen wir uns im Supermarkt. Wir stellten uns in eine Nische, und es kam zu einem richtigen, vernünftigen Gespräch. Über mein Eheproblem. Über die Krankheit seiner Frau. Ein Plausch wie unter guten Nachbarn.

Doch noch immer klopfte mir das Herz.

du bist

Weil du bist
der du bist
ist irgendwann
ein samenkorn der großen liebe
in mich gefallen
hat gewurzelt
und gekeimt

weil du bist
der du bist
breiten sich die schwingen
meiner sehnsucht weit
hüllt dich der garten meiner freude

weil du bist
der du bist
sind meine tränen
bitter und kostbar
meine gebete laut

weil du bist
der du bist
möchte ich dich lösen
aus mir
hintragen auf die straßen
jeder soll wissen
dass du bist

Ganz einfach Danke

Ich sollte nach meinem Abitur Geld verdienen. Doch das wenigstens wollte ich an einem Ort tun, der mit Literatur zu tun hat. So kam ich in den Verlag Herder. Allerdings mit einem großen Vorbehalt: Als Volontärin würde ich zwar sofort monatlich 50,- DM verdienen, hätte aber den Nachteil, jederzeit bei personellen Engpässen als Erste entlassen zu werden. Das riskierte ich. Und so fing ich 1950 in der Registratur an: Dort musste ich nur das Alphabet beherrschen, das allerdings aus dem ff. Weiter gings durch alle wichtigen Abteilungen. Am Ende des Jahres wusste ich was ich will. Über die kaufmännische Gehilfenprüfung hinaus wollte ich die Buchhändlerprüfung machen. Letzteres hatte allerdings seine Schwierigkeiten. Denn Mädchen waren dafür nicht vorgesehen. So lernte ich mit meinen lieben Kollegen in der Freizeit und meldete mich dann zur Prüfung, die ich auch gut bestand. Der Geschäftsleitung war das alles nicht so recht. Von ihnen aus war für mich der Weg zur Sekretärin vorgesehen. Aber genau das wollte ich nicht.

So landete ich schließlich in der Lexikon-Redaktion. Damals wurde gerade der neue „Große Herder" vorbereitet. Unser Team bestand aus einer Reihe von Fachredakteuren, und jedem von ihnen war eines von uns Mädchen zugeteilt. Es war eine wundervolle Zeit. Wir hatten viel Spass miteinander, auch in der Freizeit. Und weil ich offenbar auch gut funktionierte, wurde ich eines Tages zur Geschäftsleitung beordert und mir die Mitteilung gemacht, ich sei als Sekretärin für den Chefredakteur Dr. Oskar Köhler vorgesehen. Da war ich furchtbar enttäuscht und ließ es mir auch anmerken, denn Sekretärin wollte ich ja gerade nicht werden. Von dem Zeitpunkt an wurde ich fallengelassen. Ich meldete mich zwar zur buchhändlerischen Verwendung in die Herdersche Buchhandlung und dem wurde auch stattgegeben, aber ich wurde keineswegs im Verkauf eingesetzt, sondern bekam die unterste Arbeit in der Expedition. Das bedeutete, in einem Kellerraum den ganzen Tag an der Schreibmaschine Rechnungen schreiben.

Dies war die eine Schiene meines Herderlebens. Es gab noch andere. Da war die „Herder-Jugend", ein freiwilliger Zusammenschluss aller jungen Leute des Verlages. Dort wurde ich schnell aktiv. Der Höhepunkt war ein Laienspiel über die Gründungsphase des Herderverlages unter Bartholomä Herder, geschrieben von Oskar Köhler. Mir wurde die Rolle von Jeanette, der Frau des Gründers zugedacht, und das Spiel wurde dann im 150. Jubiläumsjahr ein voller Erfolg. Auch waren wir viel mit den Rädern unterwegs und verbrachten Freizeiten auf Hütten.

Klar, dass es häufig funkte untereinander. Es kamen auch verhältnismäßig viele Ehen zustande. Nur bei mir funktionierte es nie, obwohl ich selten so viele Verehrer hatte wie dort. Ich galt als das damals zweitschönste Mädchen des Hauses, man zog mich auch zu Werbeaufnahmen heran. Das allerschönste Mädchen war Lilo Kern, für die nicht nur die Männer des Hauses, sondern auch die Studenten schwärmten - man sah sie oft an der Nordpforte in ihren noblen Schlitten auf Lilo warten. Dem allerdings machte dann bald ihr Verlobter ein Ende, indem er sie eines schönen Tages als seine Frau zu sich nach Südamerika holte, wo er in einer Herder-

Filiale in leitender Funktion arbeitete. Aus der Traum. Von Lilo habe ich etwas sehr Wichtiges gelernt. Ich fragte sie zu Beginn meiner Zeit, was man denn antworten solle auf die vielen Komplimente, und sie sagte mir: Ganz einfach - danke. Das habe ich bis heute so beibehalten.

Aber eines Tages hatte ich trotz aller Lichtseiten die Nase voll von der Arbeit in der Expedition, und ich suchte für ein Jahr eine Au-Pair-Stelle in Rom. Ich wollte Sprachen lernen und vorwärts kommen. So verließ ich den Verlag 1955. Das war mein Glück. Nach diesem Jahr Rom bekam ich die Stelle einer Geschäftsführerin in der Buchhandlung Heß in Basel.

Anton II

Ich war Anfang zwanzig. Eigentlich ein süßes Alter. Doch mein Lebenslauf war schon vielfältig geknickt und beschädigt. Ich hatte durch den frühen Tod meines Vaters und seine Folgen schon viel zu viele Minderungen erfahren: Enttäuschungen bezüglich der Ausbildung, Armut, Überforderungen durch die Familie. Und weil meine Mutter unbedingt versuchen wollte mich zu verheiraten, war mir auch ein Trauma davon geblieben. Doch für Anton war ich immer die Gleiche geblieben. Und da gab es auch einen Anlass (zu zart um darüber zu schreiben), der ihm Hoffnung machte, ich sei seine Braut. Nach diesem Abend packte er gelbe Rosen in seine Aktentasche und wartete auf mich an der Nordpforte des Herder-Verlages. Als er mir die Blumen gab aber brach Angst über mir zusammen. Nein! Jetzt in dieser wirren Zeit konnte ich mich nicht auch noch binden. Und wir liefen und liefen und redeten und redeten, und eine Fremdheit wuchs zwischen uns.

Im Dickicht des Freiburger Mooswaldes angekommen weinten wir beide. Und ich gab ihm mein Silberkettchen mit meinen Initialen darauf. Behalte das, sagte ich ihm, vielleicht komme ich zurück, warte ein Jahr. Seine Mutter sah das anders. Das wird nicht wieder gut, sagte sie. Warum haben Sie ihm das angetan. Und es wurde nicht wieder gut. Ich versuchte dann, mich innerlich zu ihm auf den Weg zu machen. Er ging jetzt seiner Wege. Das Studentenleben fing ihn ein, die Partys der gehobenen Gesellschaft Freiburgs, die Dorneichs, die Herders, die Stielers. Ich gehörte nun nach dem Tod meines Vaters und dem dadurch bedingten

Verlust unseres gesellschaftlichen Platzes nicht mehr dazu.

Wir hatten einmal, früher, ein Lied miteinander vertont, das hieß:

> O lass mich nur von Ferne stehn
> und hangen stumm an deinem Blick
> du bist so jung, du bist so schön
> aus deinen Augen lacht das Glück
>
> Und ich so arm, so müde schon
> ich habe nichts was dich gewinnt
> o wär ich nur ein Königssohn
> und du ein arm verlornes Kind.

Aber jetzt war die Realität anders. Unser Lied galt nicht mehr. In Antons Welt wäre kein Platz mehr für mich gewesen.

Dennoch ging ich an unserem Tag, dem 25. März, als das versprochene Jahr abgelaufen war, zu ihm. Mein Herz war jetzt bereit für ihn. Das wollte ich ihm sagen. Siehe, nun bin ich da, wollte ich sagen. Daheim öffnete mir sein Bruder Fritz und führte mich zu ihm. Anton, mein Anton. Wir saßen einander gegenüber und schwiegen. Dann neigte er sich mir zu, umfasste mit beiden Händen meinen Hals und fühlte nach meinem Puls. Lange. Ohne Begehren. Schließlich öffnete er sein Portmonee und holte mein Kettchen hervor. Es hatte Rost angesetzt. Ein böses Omen.

Jahre später kam mir zu Ohren, Anton habe die Männerliebe gesucht und dies in Algerien, weil Homosexualität in Deutschland noch strafbar war zu jener Zeit. Dort habe er sich dann eine Infektion geholt, an der er schließlich, am 13. August 1966 mit 39 Jahren starb, einen Tag vor meinem Geburtstag.

So ging sein Leben zu Ende. Er war inzwischen Professor der Medizin.

Rom Au-pair

Aus der Enge des Verlages Herder zog es mich schließlich mit Macht hinaus in die Welt. Am liebsten wäre mir natürlich eine Arbeit in einer der Herder-Filialen gewesen, aber da hatte ich keine Chance. So führte mich eine Adresse von Hanna Bosch zur Familie Staderini nach Rom. Im März 1956 fuhr ich dorthin. Die Signora hatte zwei Kinder , ein kleines Mädchen und ein Baby, und meine Aufgabe als Au-pair-Mädchen war es, mit ihnen täglich in der Villa Borghese spazieren zu gehen. Dafür bekam ich ein kleines Taschengeld, Unterkunft und Verpflegung. Doch das ging nicht lange gut. Ich kam einfach mit Frau Staderini nicht zurecht. Und als ich auch noch die frisch gewaschenen Rüschen am Babykorb anzunähen hatte, war es aus - ich kündigte. Damit stand ich allerdings in einer fremden Stadt mit einer mir noch fremden Sprache auf der Straße.

Inzwischen aber kannte ich Heilwig Mezger, ein Mädchen aus Deutschland und frischgebackene Krankenschwester, dazu die Familie Schaedel. Letztere nahm mich mütterlich in den Schoß der Familie auf (Herr Schaedel leitete damals die Herdersche Buchhandlung in Rom). Dort schöpfte ich neue Lebenskraft und suchte über die ANIMA, die Anlaufstelle für Deutsche in Rom, eine neue Stelle.

Damit wurde die Familie Zenobi zu meinem weiteren Schicksal, wenigstens für die nächsten 8 Monate. Zuerst war da nur die Signora mit ihren Töchtern Tina und Manuela, von ihrem Mann getrennt lebend in einer Appartementwohnung. Gegen den Sommer hin aber hatte sich das Paar wohl wieder geeinigt, und wir zogen allesamt zur Großfamilie an die Piazza Ungheria. Die Zenobis waren sehr reich, im Krieg Fallschirmfabrikanten gewesen und damit Kriegsgewinnler. Mein Chef, Giorgio, war der Älteste, ehrenamtlich Vorsitzender des Fußballvereins Lazio. Dann gab es noch eine resolute Nonna und zwei jüngere Brüder, einer behindert und der Jüngste, Sergio, Filmproduzent. Meine Aufgabe dort war - da die Mädchen schon in die Schule gingen - das Beaufsichtigen der Hausaufgaben und vor allem, mit ihnen Französisch zu sprechen. Ansonsten war ich in die Familie eingegliedert, nicht in die Gruppe der Hausangestellten, und saß mit am Familientisch, wenn auch mit den Kindern am unteren Ende.

Vormittags, wenn die Kinder in der Schule waren, ging ich in die „Scuola Dante Alighieri", wo wir nicht nur mit der italienischen Sprache vertraut gemacht wurden, sondern auch mit Kultur, Kunst, Musik. Einmal in der Woche hatte ich nachmittags frei. Manchmal traf ich mich dann mit Heilwig, deren Nüchternheit und Unkompliziertheit mir gut taten. Bei mir war alles immer viel abenteuerlicher, problematischer. Ihr Wahlspruch war Luthers Wort:

„Wenn ich auch wüsste, dass morgen die Welt untergeht, würde ich doch heute noch ein Apfelbäumchen pflanzen."

Ein Spruch, den ich heute noch nicht nachvollziehen kann. Manchmal besuchte ich auch Schaedels und war dort immer in die Familie hineingenommen. Und schließlich hatte ich Kontakt mit der Herderschen Buchhandlung, dort vor allem mit meinem Freiburger Kollegen Edgar Huber, der hier seinen Auslandseinsatz absolvierte. (Unser Chef Dr. Herder-Dorneich hatte zu mir über ihn gesagt: „Wir müssen unsere Offiziere an die Front schicken." - Ich wäre auch gerne einer dieser Offiziere gewesen). Edgar hatte schon eine Reihe italienischer Freunde gewonnen, und nun zogen wir abends oft in der Gruppe noch lange durch Rom.

So ging es bis zu den Sommerferien. Dann fährt jede italienische Familie, die etwas auf sich hält und es sich leisten kann, ans Meer. Wir auch. Wir hatten zwei Ziele: Zuerst ein Hotel in San Benedetto del Tronto, dann ein familieneigenes Landhaus am Trasimener See. In San Benedetto lebte ich wieder ganz mit der Großfamilie Zenobi, schlief auch mit den Kindern im Zimmer. Einmal wurde ich von Paolo, einem Paparazzo, abends eingeladen, und wir gingen am Meer spazieren - es war eine prickelnde Situation. Aber trotz des einsamen Strandes, des romantischen Sonnenuntergangs, der lauen Luft und den einladend sonnenerwärmten Sandkuhlen, trotz Paolos offensichtlicher Erwartung eines Abenteuers kam mich die Lust nicht an.

Ab und zu fuhren wir mit Giorgio zu Fußballspielen - ich sah in der Folge von manch italienischer Stadt nur das Fußballstadion, etwa in Florenz. Einmal fuhren wir mit Sergios Motorboot gen Norden nach Recanati in das Schlösschen von Beniamino Gigli, dem damals weltgrößten Tenor. Aber ich kam nicht bis an ihn heran, musste bei den Kindern im Nebensaal bleiben. Dennoch ein großes Erlebnis. Später im Landhaus schlief ich im Vorzimmer der Hausmädchen und schickte Heimwehbriefe an Heilwig. Dann war der Sommer herum, und Rom fing uns wieder mit seinem Alltag ein.

Bis Dezember, dann hatte ich genug.

Z' Basel an mym Rhii

Als sich meine Au-pair-Zeit in Rom zuende neigte, suchte ich mir über das Börsenblatt eine Stelle als Buchhändlerin und fand sie in Basel in der Firma Heß. Zur Heimfahrt von Rom lud mich Frau Elisabeth Herder ein zur Mitfahrt mit ihrem Chauffeur - erst später sollte ich gewahr werden, dass ich damit in meinem Wohnheim als etwas Besseres galt - völlig zu unrecht.

Das Jahr in Basel wurde für mich ein Stück Paradies. Ein eigenes Zimmer, ein gutes Gehalt, verantwortungsvolle Arbeit, ein selbstverwaltetes Leben. Ich war inzwischen 26 Jahre alt, aber dies hatte ich noch nie gehabt, und ich genoss es. In der Buchhandlung war ich zwar offiziell Geschäftsführerin, meine Arbeit aber bestand vor allem im Verkauf und in der Anleitung der beiden Lehrlinge. Das Geschäftliche und den Einkauf machte Dr. Heß selber. Er brauchte mich sozusagen als Strohmann, weil er selbst keine Buchhändlerausbildung hatte. Dann gab es da noch seinen Sohn, etwa in meinem Alter, der aber auch kein Buchhändler war und dessen Kompetenz mir bis heute noch nicht klar ist. Rückblickend sehe ich ihn nur noch nach Geschäftsschluss die Kasse machen und sich gelegentlich auch privat daraus bedienen. Er führte ein recht lockeres Leben, ich glaube in Basler Schwulenkreisen. Ich mochte ihn gern und wir kamen gut miteinander klar. Die Firma ging dann übrigens bald nach meinem Fortgang in die Insolvenz.

Einmal tauchte im Laden mein Schulkamerad Benedikt Schaufelberger auf mit seiner Braut - wie ich annahm. Er trug einen Hut und einen „Salz-und-Pfeffer-Mantel". Spießig, wie ich fand, und ich vergaß ihn bald

61

wieder. Ansonsten war dieses Jahr für mich eine Zeit, in der in aller Ruhe mein zukünftiges Leben reifen konnte. Alte, unklare Beziehungen wurden beendet, neue traten in mein Leben ein. Am Wochenende fuhr ich häufig nach Freiburg - aus lauter Lust mal mit dem Bummelzug, mal mit dem D-Zug. Meine Familie bekam nun den rechten Stellenwert, mit dem ich gut leben konnte. Immerhin profitierten sie ja von meinem guten Gehalt.

Das Basler Leben war fröhlich und intensiv. Ich lernte die Stadt kennen, besuchte ein kunstgeschichtliches Seminar im Basler Kunstmuseum, und innerhalb des Hedwigheims hatten wir gute Kontakte miteinander. Bei Tisch waren wir eine gute Gruppe, und manches Mal gab es abends noch einen Hock auf dem Zimmer.

Da trat nach einer Begegnung auf dem Freiburger Klassentreffen eben dieser Benedikt Schaufelberger in mein Leben, sehr schnell, sehr ernst, und in mir reifte eine Zukunft. Die Wochenenden gehörten nun ihm, und einmal machten wir eine mehrtägige Fahrt nach Graubünden. Dort allerdings erlebte ich ihn in seiner ihm eigenen Überaktivität und beim Abschied musste ich ihm gestehen, dass ich damit nicht leben könne. Das war mir sehr ernst. Seine Antwort war: „Wer die Hand an den Pflug legt und sich umschaut, ist meiner nicht wert." Davon ließ ich mich umstimmen.

Gegen Ende meiner Basler Zeit bot mir ein Buchhändler vom Barfüßerplatz eine Stelle als Abteilungsleiterin in seinem Geschäft an. Ich lehnte ab. Ich hatte ja nun die Heirat im Sinn, und nach damaliger Auffassung gab es für eine Frau entweder nur die Ehe oder nur den Beruf. Diese Einstellung wurde vor allem von den

Männern vertreten mit dem Argument: Ich kann doch wohl meine Frau selber verhalten. Der Beruf der Frau wurde demnach nur als Mittel zum Geldverdienen gesehen, nicht als Erfüllung einer Begabung. Leider erlag auch ich diesem Vorurteil und entschied mich für die ausschließliche Ehe. Das erwies sich als einer der größten Fehler meines Lebens. Wie gut hätte uns beiden in den wirtschaftlichen Nöten eines Malerlebens mein Gehalt getan. Wie gut meinem Selbstwertgefühl ein Berufsstand, der meinem Mann Achtung abnötigte.

Ohne diesen Fehler wäre in meiner Ehe alles anders geworden.

ich

Seit ich verheiratet bin
ist mein ich ausgelöscht
eingegangen in ein WIR
nur noch im Doppelpack erhältlich

die leute fragen
habt ihr gut geschlafen
was macht eure arbeit
ihr habt euren regenschirm vergessen
seid ihr gesund
danke für euer geschenk

ich spreize mich
mit allen kräften
breit in mein ICH
ich ersticke im plural
wehre mich
bin tief gekränkt
weine
warum weint ihr
fragen die leute
nein das fragen sie nicht
weinen
darf man allein

ich möchte ICH sein
einen namen für mich alleine haben
ein bett
ein bankkonto
einen regenschirm

eine meinung
ein gespräch

ein einzelgrab

Fräulein Dünser

Als ich Mitte der fünfziger Jahre in Basel arbeitete, wohnte ich im Hedwigshaus, einem Wohnheim für berufstätige Frauen. Unter all den Schweizerinnen wohnte dort noch eine andere Deutsche, Fräulein Dünser. Zwar saßen wir an verschiedenen Esstischen und hatten nicht mehr als freundschaftlichen Grußkontakt. Doch eines Tages fragte sie mich, ob ich nicht mit ihr zusammen baden wolle im Stockwerkbad. Damit würde sich jede von uns einen halben Franken sparen. Das klang verlockend.

Dennoch sagte ich Nein. Warum eigentlich? Was hielt mich davon ab? Zu meiner Erklärung kann ich vielleicht anführen, dass ich ein Mensch bin, der überall sehr viel Platz braucht. Auf der Straße gehe ich am liebsten in der Mitte. Ehebetten sind mir zu eng, und eingehakt zu laufen ist mir vollends unmöglich. Und so wollte ich mich auch in der Badewanne recken und strecken können, alle Glieder frei umspült vom schaumigen Wasser. Doch das wars nicht, da hätte ich mir was vorgemacht.

Dies hier war etwas anderes. Ich spürte es sehr wohl. Da war eine Verlockung dabei. Die Verlockung, einen anderen, gar weiblichen Körper zu fühlen, zu berühren, berührt zu werden. Eine Verlockung, die sich im Traum wohlig wiederholte. Dennoch sagte ich Nein. Aus Bravheit? Aus Gehemmtheit? Aus Mangel an Mut, etwas Ungewohntes zu riskieren? Sicher aber nicht aus Vorurteilen, denn ich hatte keine, jedenfalls nicht gegen Lesben und Schwule.

Und so badete ich das nächste mal wieder allein, und Fräulein Dünser wahrscheinlich auch. Doch dieses Bad hat einen besonderen Platz in meiner Erinnerung behalten, Es steht für ein Stück ungelebtes Leben, für nie erfahrene Süßigkeit. Es steht für eine Gabe, die ich nie erprobte.

Es steht für einen kleinen Mangel in der Fülle meines Lebens.

In Flammen stehen

Kennen Sie Bruno E.? Wüssten Sie seinen vollen Namen, Sie kennten ihn bestimmt. Ich kenne ihn schon lange. Seit meiner Studentenzeit. Alle meine Geschwister kannten ihn: ein schmaler, quirliger Student. Vielleicht aber mochte er mich mehr als meine Geschwister. Denn ehe ich Mitte der 1950er Jahre zu meinem Aupair-Aufenthalt nach Rom fuhr, lud er mich ins Freiburger Café Schmidt ein zu einer Tasse Kaffee. Einfach so. Und als der Kaffee ausgetrunken war, nahm er das Papierdeckchen unter meiner Tasse hervor und schrieb darauf seine Adresse. Und sagte dazu: „Wenn du mich einmal brauchst". Es war wie im Märchen.

Vorerst brauchte ich ihn allerdings nicht. Später dann, ein Jahr später, als ich schon in Basel arbeitete, fingen wir an, einander Briefe zu schreiben. Er lebte inzwischen im französischen Rouen und schrieb an seiner Doktorarbeit. Seine Briefe an mich waren sehr persönlich, liebevoll. Er schrieb, dass er von mir träume, dass ich im Traum ihm näher sei als andere Mädchen. Und immer zeichnete er Bilder dazu. Manchmal gab das eine richtige Geschichte. Zum Beispiel die von dem Mann, der sich ein Taschenmesser erwarb, nur weil das seiner Liebsten so gefiel. Diese Geschichte heftete ich mir in meinem Basler Zimmer an die Wand. Sie traf mich ins Herz. Ich liebte Taschenmesser.

Doch dann schrieb er eines Tages: Ich werde nach Basel kommen, nach Basel wo der Rhein das große Knie macht, und wir werden miteinander in Flammen stehen. Da überfiel mich große Angst. Ich hatte noch nie mit einem Mann in Flammen gestanden. Und so antwortete ich nicht. Und er schrieb dann auch nicht mehr und fuhr das nächste Mal auf der Heimfahrt an Basel vorbei. Mir war weh dabei, sehr weh ums Herz. Aber die Angst war größer. Und das Leben ging weiter. Ich heiratete, später heiratete auch er. Man schuf sich einen Beruf, eine Familie. Ich blieb in Freiburg, er baute mit seiner Frau ein Haus hoch über dem Bodensee.

Dorthin fuhr ich eines Tages - ich war inzwischen weit über 50 Jahre alt - mit dem Fahrrad von meinem Urlaubsort Hegne aus, um die beiden zu besuchen. Man saß um den Tisch und plauderte. Ich war so vergnügt, dass ich lauter Geschichten erzählte, eine um die andere. Bruno saß mir gegenüber und schaute mich dabei nur an. In seinen Augen war ein großer Glanz, der auf mich übersprang. Für die Heimfahrt am Abend lud er dann mein Fahrrad in den Kofferraum seines Wagens und fuhr mich bis dort, wo der Radweg nach Hegne beginnt. Er lud mein Rad aus und wir bereiteten uns zum Abschied.

Da geschah es, dass wir in Flammen standen.

unzeit

keine brötchen kaufen
am abend
kein strandhaus bewohnen
wenn es stürmt
den freund nicht lieben
dessen weg verschneit ist

tu's nicht
wenn du's dennoch tun musst
schwester
wisse
es lauern die schatten

fürchte dich nicht

Eine trotzige Frau

Als ich ungefähr acht Jahre alt war, gab ich Anlass für dröhnendes Gelächter im Familien- und Bekanntenkreis. Ich wollte nämlich keine Frau werden. Tatsächlich, das hatte ich gesagt. Es war eine unumstößliche Bereitschaft in mir gewachsen, keine Frau zu werden. Und warum? In mir hatte sich offenbar der Eindruck gefestigt, dass die Rolle der Frau eine „beschissene" sei. Nein, darauf wollte ich mich nicht einlassen.

Mein Vater bekräftigte mich unbewusst in dieser Haltung. Sein Frauenbild war für mich ein damals durchaus emanzipatorisches: Er schickte mich mit der Quarta auf das Humanistische Gymnasium. Das war recht ungewöhnlich, und ich habe Anlass zu glauben, dass meine Mutter damit nicht einverstanden war. Ja, dass es meinetwegen zu Auseinandersetzungen zwischen den Eltern kam. Für meine Mutter hatte ein Mädchen zu heiraten und Kinder zu kriegen, und wenn es schon einen Beruf lernte, dann einen, der darauf vorbereitete. In dieses Bild passte natürlich kein Humanistisches Gymnasium. Dennoch blieb ich dort, anfangs mit Erfolg. Meinem Vater mochte eine zukünftige Germanistin vorgeschwebt haben, eine Literatin, Journalistin vielleicht, oder auch eine Assistentin in seinem geplanten Verlag.

So weit so gut. Doch mein Vater verunglückte 1946 tödlich als ich 16 war, und jetzt stand ich auf einmal allein da. Meine Mutter versuchte mich nun mit sanfter Gewalt in ihr Rollenbild zu pressen. Sie beanspruchte mich vorrangig im Haushalt, wodurch ich notgedrungen die Schule vernachlässigen musste und konsequenterweise dann eines Tages abging. Berufsvorschläge kamen von meiner Mutter dann gleich zuhauf: Kindergärtnerin, Krankenschwester undsoweiter. Ich entschied mich folgsam für die Krankenschwester und ging zur Ausbildung nach Köln-Hohenlind, mit 17 Jahren. Und scheiterte. Doch da meldete sich heftig Vaters Weg in mir: Ich erkämpfte mir das Abitur im Internat Klosterwald. Hurra! Doch das Hurrageschrei war schnell verpufft. Ein ersehntes (und selbstzuverdienendes) Germanistikstudium im Schweizer Fribourg wischte meine Mutter mit einer Handbewegung weg: Du musst jetzt für uns Geld verdienen, sieh, wie arm wir sind. Dazu legte sie sich krank ins Bett, und ihre eigene Überforderung wurde deutlich. Und wieder schuf ich mir meinen eigenen Weg. Ich ging nicht als Arbeiterin in die Fabrik, sondern ergatterte mir eine Volontärstelle im Verlag Herder mit der Aussicht, bei Bewährung angestellt zu werden. Und wie ich mich zu bewähren wusste! Ich wurde nicht nur Angestellte, sondern nach heimlichem feierabendlangem Lernen mit den Kollegen wurde ich gleich Buchhändlerin. Was wiederum auch dem Verlag nicht gefiel, denn das Frauenbild meiner Mutter war auch dort gültig, und man wollte mich höchstens als Sekretärin sehen. Ich wurde ratlos herumgeschoben bis ich wieder - inzwischen 25 Jahre alt geworden - eine eigene Initiative ergriff: Ein Au-pair-Jahr in Rom. Dort lernte ich italienische Sprache und italienische Kultur. Beides befähigte mich schließlich zu einer Stelle als Geschäftsführerin in Basel. Dort wollte ich von meinem guten Gehalt sparen, damit ich endlich, endlich mein Studium beginnen könne. Damit wiederum war meine Mutter überhaupt nicht einverstanden.

Wenn schon nicht heiraten, sagte sie, dann wenigstens ihre Betreuerin werden bis zu ihrem Tod.

Diesmal kam mir meine Frauenrolle zu Hilfe. Ich verliebte mich in meinen jetzigen Mann, gab meine Stelle auf (die Ehemänner sagten damals: Ich kann doch meine Frau selbst ernähren) und heiratete. Jetzt schwamm Mutter im Glück. Doch nicht lange, der Weg in mir war zu stark. Sobald ich die Familie aus dem Gröbsten heraus hatte, nahm ich mein Studium der Germanistik und Volkskunde wieder auf, das ich schließlich 1983 mit dem Magisterexamen abschloss. Bereits parallel dazu nahm ich eine Stelle an der Fachschule für Sozialpädagogik an und unterrichtete dort Kinder- und Jugendliteratur. Das war neben dem damals noch vorherrschenden Hausfrauenideal („Du kannst alles machen, aber erst, nachdem der Haushalt in Ordnung ist") eine harte, aber glückliche Belastung. Jetzt intervenierte meine Mutter nicht mehr, sie war nicht mehr zuständig. Das war jetzt mein Mann. Doch auch er hatte das traditionelle Frauenbild verinnerlicht und versuchte es durchzusetzen.

Das ging beispielsweise so: Ich stand schon voll im Dienst, hatte schon mein erstes Buch geschrieben, da hatte ich immer noch als Arbeitsplatz die Wäschekommode im Schlafzimmer. Im oberen Stock des Hauses aber stand ein Zimmer leer - nein was sage ich! - natürlich nicht leer. Mein Mann hatte dort seine Eisenbahn aufgebaut. Und das entfachte in weiten Kreisen unserer Bekannten und Freunde die Diskussion: Was hat Vorrang, Vaters Hobby oder Mutters Beruf? Ich habe das Zimmer heute noch. Jetzt ist es Teil meiner eigenen Wohnung.

Und noch ein letztes Mal traf mich meine Mutter empfindlich. Ganz matt und schwach schon, aber wirksam, der Tod war nicht mehr weit. Mein Mann und ich hatten sie für ihre letzten Wochen ins Haus genommen und pflegten sie mit Hingabe, neben allen beruflichen Pflichten. Da sagte sie - sich noch einmal aufbäumend - ich pflege sie so gut und solle das doch weiterhin an ihr tun und dafür meinen Beruf aufgeben. Das tat ich nicht, pflegte sie aber weiter fast bis zum Tod. Zum Glück gab es damals schon allgemein anerkannte Gründe für den Frauenberuf. Nicht nur, dass er die Altersvorsorge garantierte, sondern es wurde ihm inzwischen auch sein ideeller Wert zugeschrieben. Jetzt war der Beruf einer Frau nicht mehr nur als Hobby anerkannt, sondern endlich auch ernst genommen.

Dafür hätte ich sogar einen Maikäfer lebendig zerbissen.

wilder wein

ich habe wein gepflanzt
an einem eisenpfosten meines balkons
doch der war zu glatt dafür
die saugnäpfchen
konnten sich nicht ankrallen
aber ich wollte den wein
und klebte ihn daher fest
bis er oben war
das ließ er sich gefallen
oben angekommen jedoch
gab er dann auf
schluss

der wilde wein
ließ sich von mir nicht beherrschen
denn von seinem fuß aus
sandte er insgeheim triebe
nach allen seiten
dass er einen lebensraum fände
wo er gedeihen kann
und er fand ihn
zwei meter entfernt
an einer mauer
die mauer ist jetzt über und über
von weinlaub bedeckt

wilder bruder wein
du bist mir vertraut
auch mich hat man viele jahre
festgebunden und hochgehievt
wohin ich nicht wollte und konnte

aber ich habe unermüdlich
unterirdisch gesucht und getastet
bis ich den ort fand
wo ich blühen kann
jetzt

Kleines Glück

Im Februar 1964 war ich wieder schwanger. Das hätte ein großes Glück sein können, aber ich konnte mich ihm nicht hingeben. Der fast zweijährige Gabriel hatte wieder sein acetonämisches Erbrechen, das bedeutete für mich Wachen, dazu Einläufe gegen das Verdursten Tag und Nacht. Und mein Mann war ganz auf einen Sgraffito-Kreuzweg in der Stadtkirche Bruchsal konzentriert und überhaupt nicht zur Hilfe ansprechbar. So pendelte ich am Rand von Erschöpfung, Einsamkeit und Hilflosigkeit. Das Schlimmste war, ich geriet in die Wochen der Schwangerschaft, die bei mir gefährlich waren, wo ich auch schon beim ersten Kind Blutungen hatte und Gelbkörperhormon gespritzt bekam.

In meiner Not sah ich nirgendwo Hilfe als bei meinem Mann, und ich packte mein krankes Kind und fuhr ihm nach. Nach Bruchsal konnte ich nicht, da hatten wir kein Quartier. Aber in Stuttgart nahm uns beide die liebe Familie Stief auf, obwohl sie doch selbst schon so viele Kinder hatte. Das werde ich ihnen nie vergessen. Kaum dort, begannen die Blutungen. Wir hofften sie zu stoppen mit der Hormonspritze. Mehr aber noch hungerte ich nach einem tröstenden und aufrichtenden Wort. Und wieder floh ich zu meinem Mann, aber es kam keine Hoffnung von dort, nichts. Da floss das Kind davon. Aus einer Welt, in der es offensichtlich keinen Platz für es gab. Hannes Stief brachte mir einen Blumenstrauß ans Bett.

So kam ich in eine Stuttgarter Frauenklinik zur Ausschabung. Die Ruhe, das Umsorgtsein dort taten mir gut. Jetzt konnte ein bisschen Kraft wachsen, Trost. Ich lag einfach nur da und schaute zum Fenster hinaus. Ein Vers trug mich dabei:

> Kleines Glück
> schwamm durch die Wolkenmassen
> wollt es halten,
> musst es schwimmen lassen.

Eines noch machte mir Sorge: was ist aus dem toten Kind geworden? Ich hätte so gerne um ein kleines Grab gewusst, wo ich ihm verbunden bleiben könne. Seine Realität spüren. Wissen: Da liegt es, ein Stück von mir. Ein kleiner Gefährte, in die Ewigkeit vorausgegangen. Ich bat den Krankenhausseelsorger, einen Kapuzinerpater, zu mir, um ihm meine Frage zu stellen. Er wusste auch die Antwort: Die Foeten kommen zum Abfall, zu den amputierten Gliedmaßen, den Blinddärmen. Es war ja noch nicht eigentlich ein Kind, sagte er.

Ich brauchte hinfort 30 Jahre, um zu gesunden. Dann schrieb ich ein Gedicht, das mich mit einem neuen Bild befreite. Darin lege ich mein totes Kind in den Sarg zu meiner soeben verstorbenen Mutter, dass sie es in der Armkuhle berge und damit bewahre vor dem Abfallhaufen. Jetzt war mein Kind begraben. Dort liegt es noch heute.

Ich habe nie mehr ein Kind bekommen.

Lust am Jenseits

Mein Sohn Gabriel hatte die ersten zehn Jahre seines Lebens eine sehr schwere Krankheit. Acetonämisches Erbrechen. Indem er alles, auch den letzten Tropfen Flüssigkeit erbrach, trocknete er aus und fiel damit in eine Bewusstlosigkeit. Was in dieser Bewusstlosigkeit mit ihm geschah, weiß ich nicht. Einmal transportierten wir ihn nächtens in die Klinik, und als der Rückfahrscheinwerfer das sommerliche Weinlaub beschien, sagte das Kind: Licht. Bald kommt das Christkind.

Er muss in diesen Bewusstlosigkeiten, die sich mehrere Male im Monat ereigneten, entrückt gewesen sein in eine andere Welt. Und wegen der Häufigkeit schien er dort auch schon beheimatet zu sein. In einer Jenseitswelt, angenehm, süß, ohne Durst, ohne Fieber. Denn heute noch als reifer Mann hat er eine unbestimmte Sehnsucht danach: „Ich habe keine Angst vor dem Tod, höchstens vor dem Sterben". Ob Gott dort gegenwärtig ist, mit unverhülltem Angesicht? Für ihn kein Glaube, sondern Gewissheit.

Ich denke seitdem oft darüber nach, wie das Jenseits sich schon im Diesseits auftun kann, schon vor dem Tod. Wie wir es sekundenschnell glücksvoll spüren können, oder eben anhaltend: Wie es dann wächst in uns, sich ausbreitet, uns mehr und mehr erfüllt. Das Irdische in die Belanglosigkeit verweist. Und wie dann, mit dem Älter- und Reiferwerden der Tod nur noch eine kleine Schwelle ist, kaum wahrnehmbar, eine Überhöhung.

Die Lust am Jenseits lerne ich von Gabriel. Ist sie so abwegig? Ist sie uns nicht schon für diese Erdenwelt unter dem Namen „Fülle des Lebens" verheißen? Sind Himmel und Hölle vielleicht nicht Informationen über ein Jenseits, sondern eher Symbole des Diesseits? Wo hört das eine auf? Wo fängt das andere an?

Vielleicht wagen wir eines Tages wie Jesus von Nazareth im „Bereich Gottes" zu leben, der hier und jetzt aufscheint.

hiobs mutter

die welt weiß es
seit der bibel
das als unsinnig erscheinende Leiden
von hiob
sein aufbäumen dagegen
zu gott

wer hat je von seiner mutter gehört
wie sie
noch machtloser als er
es mittrug
und doch selbst schon
über das alter des kämpfens hinaus war
dem leib ruhe ersehnte
harmonie

wie sie die nächte durchwachte
schatten bestand
an den fundamenten des himmels
rüttelte und schrie
und ohne hoffnung blieb
ohne trost

immer den sohn im sinn
dessen leben unerbittlich abrollte
in ein nichts
dabei hilflos und immer
den nagenden zweifel im herzen
warum habe ich ihn geboren
warum

ob sie es noch erlebte
wie dann am ende
am ende ...

Anton III

Anton ist tot. Damit wäre unsere gemeinsame Geschichte eigentlich zu Ende. Ist sie aber nicht. Das was zwischen uns war, das war eine ungelebte, unerlöste Beziehung gewesen, der die Erfüllung versagt blieb. Auch über den Tod hinaus. Aber ich durfte erfahren, dass jenseits des Todes eine große Lebendigkeit ist, dass dort noch Entwicklungen, Reifeprozesse möglich sind.

Und ich habe es so erfahren: Zuerst träumte ich den Anton als Arzt. Es gab innere Notsituationen, da war er mir gegenwärtig im Traum, heilend, beruhigend. So etwa hatte ich mit Beginn der Wechseljahre eine lange und schwere Phase der Depression durchzustehen und kam in eine psychosomatische Klinik nach Überlingen am Bodensee. Ich war damals ganz nahe an der Grenze dessen, was ein Körper und eine Seele aushalten können. Da träumte ich von Anton. Er war da und zog mir einen Zahn. Am anderen Morgen war ich gesund.

Dann folgten die vielen Jahre, in denen ich nachts im Traum herumirrte, um den Anton zu suchen. Ich irrte durch Häuserschluchten, Laternendschungel, Dunkelheiten. Fast immer träumte ich ihn mit seiner Mutter. Schließlich nach Jahren des Träumens fand ich seine Wohnung - aber er war nicht darin. Nächtliche Wanderungen der Seele, unaufhörlich, dennoch süß. Vielleicht finde ich ihn, eines nachts.

Und ich fand ihn. Wiederum viele Jahre danach.

träume

gesichter
neigen sich mir zu
eines davon
küsse ich
wie kalt ist dein mund

dschungel
einer fremden stadt
morgengrauen
wo ist dein haus
wowo
tango
paarungstanz
du ganz dicht
dein leib
drängt mich
rückwärts

hotelzimmer
du und ich
menschenmassen
entschwinden verblassend
ich und du
da wache ich auf

wie lange bist du schon tot

Der Haussegen hängt schief

Als wir jung verheiratet waren, sagte einmal der damalige Studentenpfarrer Wolfgang Ruf zu uns: Ihr seid ein Team, kein Liebespaar. Das stimmt. Ich war in unserer Ehe beinahe mehr Mitarbeiterin als Geliebte. Ich habe von Anfang an alle anfallenden Büroarbeiten gemacht, Korrespondenz, Kontaktpflege, Öffentlichkeitsarbeit. Vielleicht weil es mir mehr lag als die Hausarbeit und ich anfangs sonst keine Chance hatte zur Berufstätigkeit. Das ging viele Jahre so. Mein Mann war damit weitgehend entlastet für seine künstlerische Arbeit.

Bis zu dem Tag, als er mit Gruppenreisen begann. Als er glaubte, neben der Kunst noch ein anderes Talent entfalten zu müssen, einen anderen Strang, der ihm Geltung verschafft. Einen anderen Strang, an dem er „verkündigen" konnte. Also, an jenem Tag schob er mir ganz selbstverständlich auch noch die Sekretariatsarbeit für die Reisen hin als da ist: Listen führen, Geld einfordern, Betten verteilen. An jenem Tag sagte ich NEIN. Als Künstler wollte ich ihm zur Seite stehen, dazu war ich angetreten. Als Reiseleiter nicht.

Reiseleiter zu sein ist wie eine Droge. Er steht im Mittelpunkt. Was er sagt, hat Gewicht, wird geglaubt. Es ist offensichtlich lustvoll, auf den Zuhörern, den Teilnehmern zu spielen wie auf einem Klavier. Wer das einmal gekostet hat, kann nicht wieder aufhören. Zuerst machte mein Mann die Reisen in eigener Regie, später arbeitete er mit dem katholischen Bildungswerk zusammen, das dann auch weitgehend die Organisation übernahm. Das ging über Jahrzehnte, in allen Schulferien (mein Mann arbeitete ja noch als Kunstlehrer). Viele

Gelegenheiten, sich der Familie zu widmen, mit ihr Urlaub zu machen, fielen auf diese Weise den Reisen zum Opfer. Mehr noch. Das Kind litt darunter einen Vater zu haben, der kein Vater war. Und ich selbst war total überfordert von allem, was nun an mir hängen blieb: Korrespondenz, Hausverwaltung, Gartenpflege.

Am liebsten fuhr mein Mann immer die gleichen Ziele an: 20 mal Burgund. 20 mal Rom. Denn ihm ging es nicht in erster Linie darum, seiner Reisegruppe immer wieder etwas Neues zu zeigen. Er - ein Eiferer - wollte seine Reisen verstanden wissen als Pastoralreisen. Kunst als Vehikel zum Glauben. Ich glaube, das ist ihm auch bei vielen Teilnehmern gelungen. Zu diesem Zweck setzte er das ganze Charisma seiner Persönlichkeit ein, den gemeinschaftsbildenden Spass der Picknicks, das Feiern der Messe unterwegs, die kunstgeschichtliche Betrachtung.

Ich nahm daran nur selten teil. Warum immer wieder Burgund? Immer wieder Santiago de Compostela? Nur wenn er sich ein neues Gebiet erarbeitete, war ich stets dabei. Manchmal ging ich auch mit, um meinen Mann einmal wieder von seiner Schokoladenseite zu erleben. Daheim war er anders. Gereizt. Erschöpft. Bei wiederholenden Reisen ermüdete mich auch der immergleiche Stoff. In meinem tiefsten Innern verweigerte ich sie. Ich spürte ja nur allzu deutlich, wie sie ihn nicht nur von der Familie, sondern auch von der Kunst abzogen, wie sich allmählich die freie künstlerische Arbeit auf notwendige Aufträge reduzierte und kein Raum mehr blieb für Entfaltung, für spielerische Weiterentwicklung. Die Rolle, die mir auf diesen Reisen zufiel, war auch nicht gerade verlockend. Meist reichte die

Anzahl der Teilnehmer nicht für einen Freiplatz, so dass ich die Reise auch noch selbst bezahlen musste. Dabei fiel mir unterwegs wieder die Sekretariatsarbeit zu: Zimmer verteilen, Klagen entgegennehmen, Auskünfte geben, Picknick organisieren. Und zu Hause blieb alles liegen. Musste nachgeholt werden. Und zu den notwendigen, eheerhaltenden Gesprächen kam es unterwegs auch nicht.

Als es dann auf die Pensionierung zuging, ebbten die Reisen von selber ab. Die Generation der bildungshungrigen Frauen starb aus, den Jüngeren waren die Reisen zu fromm, boten zu wenig Plaisir. Auch stand das Bildungswerk nicht mehr ganz hinter seinem pastoralen Konzept. Dazu kam, dass sich bei meinem Mann Behinderungen einstellten, schließlich Parkinson. So gingen die Reisen zu Ende. Heute, glaube ich, reuen sie ihn ein bisschen. Die vielen Male Burgund, und nicht einmal St. Petersburg, Prag, Nordcap, Irland.

Was hat er doch alles dabei versäumt.

Zum Dank einen Samowar

Als die Reisen meines Mannes so viel Wichtigkeit, ja Besessenheit bekamen, war das für mich ein Treuebruch, ein Aufkündigen unserer Gemeinsamkeit. Zuerst litt ich darunter, doch dann wurden mir allmählich die Freiräume bewusst, welche die Situation für mich bereithielt. Ich konnte nun meine Zeit selbst einteilen, hatte mehr Zeit für Sohn Gabriel, ja und schließlich entfaltete sich mein Ich, anfangs notgedrungen, mit der Zeit mit lustvoller Erkenntnis. Nennen wir es Emanzipation.

In den Pfingstferien 1975, als mein Mann wieder einmal unterwegs war, setzte ich mich also in unser Auto und fuhr in die Händelstraße zur Fachschule für Sozialpädagogik, wo Martha Högemann Direktorin war. Können Sie mich gebrauchen, fragte ich sie. Ich schreibe Kinderbuch-Rezensionen und leite die Bücherei in Kappel. O ja, sagte sie. Sie kommen gerade recht. Unsere Dozentin für Jugendliteratur fällt demnächst aus. Sie können die Stelle haben,

Und so fing ich mit Beginn des Schuljahres 1975 mit meiner Arbeit an. Ich war so aufgeregt, als ginge es um Sein oder Nichtsein, und bereitete mich auf jede Unterrichtsstunde minutiös vor. Griff auf meine Erfahrungen mit Vorträgen zurück. Auf einen Rhetorik-Kurs. Ein Sprung ins kalte Wasser. Aber er machte mir Spass. Dazu kam, dass Jugendliteratur ein relativ neues Fach war. Es hatte durch die 1968er Bewegung total neue Konturen, einen neuen Stellenwert bekommen, und es gab erst wenig Literatur dazu. Zum Glück war ich in der Materie zu Hause, von der Bücherei her. „Geh und spiel mit dem Riesen" - dieses neue Jahrbuch des Beltz & Gelberg-Verlages signalisierte die neue Bewegung, und ich vollzog sie mit. Das kam der Lebendigkeit des Unterrichts zugute. Frau Högemann unterstützte mich sehr, ließ mich zu jeder Fortbildung fahren. Auch zog sie mich frühzeitig zu Fachartikeln heran in ihrer Zeitschrift „kindergarten heute". Eine starke, eine reiche Zeit.

„Und die Jahre gingen wohl auf und ab", heißt es bei Fontane über Herrn v. Ribbeck. So erlebte ich 22 Jahre. Wie ein Bollwerk stand diese Unterrichtstätigkeit in meinem Leben, das daneben reich und lebendig weiterlief. Im Wintersemester 1976/77 begann ich nebenbei ein Studium der Volkskunde (Märchen!) und Germanistik, das ich mit dem Magister artium abschloss. Doch damit nicht genug: Ich schrieb weiterhin Rezensionen für den Borromäusverein Bonn und die Badische Zeitung, verfasste laufend Artikel für Fachzeitschriften, hielt Vorträge in ganz Deutschland.

„Und die Jahre gingen wohl auf und ab". Manchmal machte mein Körper nicht mehr mit, immer wieder traten Erschöpfungszustände auf. Ich kam in die Wechseljahre, die sich mit starker Migräne, schließlich mit Depressionen äußerten. Einmal hatte ich im Unterricht einen Hörsturz. Mein Mann sah dieser Entwicklung nicht gerne zu - er fühlte sich durch mein Selbstwerden bedroht. Ich rüttelte schmerzlich an seinem Wunschbild von der Frau, die immer zu Hause ist. Es war für mich eine Zeit der totalen Neubesinnung, für meine Ehe, mein Muttersein. Leitbild für Gegenwart und Zukunft.

„Und die Jahre gingen wohl auf und ab". Die Schülerinnen mochten mich. Es kam die Zeit, wo sie nicht mehr „Fräulein" genannt werden wollten, sondern „Frau". Ab dort redete ich sie mit dem Vornamen an. Auch gut. Auf Sommerfesten bekam ich mein Fett weg: Ich sei ein bisschen menschenscheu. Ich würde für die Gleichbereichtigung der Frau kämpfen, aber Männer möge ich trotzdem. Alles liebevoll. Mir war wohl dabei. Auch am Kollegium hatte ich Freude. Jede Pause war ein Bewusstwerden stabiler Vernetzung.

Dann waren die Jahre zu Ende. Mit 68 darf man, sollte man Schluss machen. Inzwischen hatte auch die Direktion zu Frau Anneliese Bullmann gewechselt. Langsam ließ ich es auslaufen, übertrug auf eine Nachfolgerin. Das Ende war ein großes Abschiedsfest am 17. Juli 1997. Ich bekam einen Samowar geschenkt für meine Teestunden in den Gruppen, mit denen ich heute noch lebe.

Barbara F.

Die Freiburger Reisegruppe überquerte eine Straße in Rom. Darin Barbara F.. Etwa in der Mitte der Straße reichte ihr mein Mann mit dem ihm eigenen Charme die Hand und ließ sie nicht wieder los, bis sie drüben angelangt waren. Das war der Augenblick, wo es geschah. Barbara F. war eine junge Witwe mit drei halbwüchsigen Kindern und einer kleinen Rente. Ihr ganzes Wesen war hungrig nach einem Mann, der ihr hilfreich die Hand geben möge auf ihrem Weg. Nun war er da, und sie ließ ihn fortan nicht mehr los. „Großer Bruder" nannte sie ihn.

So weit so gut, und ich hätte ihnen auch ihren Platz gelassen in unserer Ehe, wäre ich nur einbezogen worden. Aber - nach Hause gekommen - vollzog sich die aufkeimende Beziehung in aller Heimlichkeit. So heimlich, dass ich lange Zeit nichts davon wusste. Zugegeben, ich war auch selber sehr absorbiert. Stand ich doch in der letzten Phase vor meinem Magisterexamen und konnte daher nicht mehr so sorgfältig wie zuvor meine Hausfrauenaufgaben wahrnehmen.

Und so kam es eines Tages, just vor dem Examen, zur Offenbarung. Zu jenem fürchterlichen Zusammenbruch. Es stellte sich heraus, dass auf allen Reisen und Ausflügen, die mein Mann in letzter Zeit ohne mich unternommen hatte, Frau F. mit dabeigewesen war, selbst bei unseren vertrauten Freunden in Schopfheim. Man stelle sich vor: Das alles kam wie wilde und wogende Wasserfälle über mich mit immer wieder neuen Fragen und immer wieder neuen, entsetzlichen Antworten. Ich hielt nur noch verzweifelt schützend die Hände über meinen Kopf. Ach, er war ja auch zärtlich mit ihr gewesen, hatte ihr den Nacken gekost, hatte Du gesagt. Barbara. Ein Nervenzusammenbruch. Dann aber sagte ich: Nun geh hin und heirate sie auch, ziehe zu ihr und widme dich ihren Kindern, die brauchen es. Jetzt hast du Verantwortung.

Die Magisterprüfung geschah. Eine Klarstellung der beiden geschah. Dann stellte die Zeit sich zwischen die beiden. Es läpperte sich so hin. Einmal noch spendete ihr der Pfarrer, ein Franziskanerpater namens Waldemar, eine Reise unter der Leitung meines Mannes nach Würzburg. Dort kam der Tag, an dem sie mit einer roten Rose lief, und mein Mann wie magnetisch angezogen hinterher. Es ist dies die Trauer um ihren toten Mann, meinte er mitleidig. Aber diese Rose hatte auch den Duftstoff der Erotik, und mein Mann hatte ihn aufgenommen.

Einmal war sie zu einem abendlichen Glas Wein bei uns eingeladen. Hinterher fuhr ich sie heim, allen Widerständen zum Trotz. Sie hatte fest darauf beharrt, von meinem Mann heimgebracht zu werden. Sie war sich überhaupt von jeher sehr sicher in ihrer Position ihm gegenüber. Ich habe ein Recht auf deinen Mann, signalisierte sie mir feindselig und ließ mich außen vor. Mein Mann verhielt sich passiv dabei, duldete es aber und sonnte sich insgeheim in dieser Rolle. Einmal rief ich Pater Waldemar an, ob er dies nicht unterbinden könne. Aber der tat arglos, gönnen sie das doch der armen Frau.

Dann geschah fast nichts mehr. Ein paar Kakteenableger wechselten ihren Besitzer, mehr weiß ich nicht.. Einmal scheinen sich die beiden noch auf dem Münsterplatz getroffen zu haben, ein paar Worte getauscht. Jahre später traf auch ich sie einmal in einem Drogeriemarkt, und da war er wieder, der alte Hass gegen mich, jung und immergrün. Und mein Mann? Wenn wir jetzt an ihrem Haus vorbeifahren, schaut er nicht einmal hin. Ich wäre ihn ganz gerne losgeworden, damals. Aber ich stand für ihn auf der Gewinnerseite.

Goodbye, Barbara

heute

heute habe ich an der roten ampel gehalten
habe mir die zähne geputzt
habe der nachbarin guten morgen gesagt
habe an die hungrigen kinder im kongo gedacht
habe die rechnung für abwasser bezahlt
einen kondolenzbrief geschrieben
die vögel gefüttert

heute ist mir gelungen
alles redlich zu tun
was nötig war
heute
habe ich mitgewirkt
am gelingen des lebens

heute trug ich bei
zum funktionieren
der welt

Alles fließt

In den 1970er Jahren lud uns, meinen Mann und mich, der befreundete Jesuitenpater Nicolas Roussos in seine Wohnung in Nauplia ein, um dort im frühsommerlichen Griechenland ein paar Tage Urlaub zu verbringen. Roussos betreute die wenigen Katholiken auf dem Peloponnes. Wir hatten in Deutschland eine Sammlung veranstaltet, die ihm dafür einen VW ermöglichte. Das dankte er uns.

Und so kamen wir eines Tages nach Nauplia. Die Wohnung von Nicolas Roussos war ganz nahe bei der Kirche. Ein wilder Pflaumenbaum und drei Schritte - größer war die Entfernung nicht. Diese Wohnung befand sich in einem alten venezianischen Gebäude, dort allerdings im Keller. Nein, ein Wohnkeller war es auch nicht. Eher war dieser Keller für Weinfässer geeignet, so feucht wie er war.

Alles, was der Pater besaß, war auch für uns da. Nur besaß er fast nichts. Er schien mit einem Fingerhut voll Luft auszukommen. Was es sonst noch gab, hatte sich offenbar von selber eingestellt: Der Hefekuchen, den er gleich am ersten Pfingstmorgen auftischte, war eigentlich ein Osterkuchen, ein geschenkter Ladenhüter. Auch der eingetrocknete Gelee, der hart gewordene Nescafé - sie waren ihm irgendwie zugekommen, dazu Zucker, Eier, Salz und Seife, Bohnen und Kichererbsen. Alles sorgfältig in Gläsern verwahrt, viele Male beschriftet. Olivenöl. Eigens zu unserer Ankunft hatte man Nicolas auch Salat gebracht, drei Plastiktüten voll. Das wurden unsere Mahlzeiten. Nach zwei Tagen hatten wir Bäuche wie eine Kuh.

Nun gab es allerdings Bedürfnisse, die über einen Fingerhut voll Luft hinausgehen. Kerzen zum Beispiel. Wir hatten keine. Und alte Traditionen der Xenia, der heiligen griechischen Gastfreundschaft, hinderten uns, sie zu kaufen. Doch da war nebenan die Kirche und bot sich hilfreich an, wenn man so sagen darf. Mit Stühlen war es dann genauso. Wir hatten keine - aber irgendwo muss man ja sitzen. Und so holten wir uns, wenn die Messe zuende war, Stühle aus der Kirche und stellten sie bis zur nächsten Messe flugs wieder hinein. Ein andermal war es ein für den Marienaltar gestifteter Amaryllisstrauß, der sorgfältig hin- und hergetragen wurde, bis er welk auf der Strecke blieb. Viele Male der Kollektenkorb. Leer natürlich. Wir brauchten ihn fürs Brot. Genau genommen war das wie bei Robinson. Was für ihn das gestrandete Schiff war, das wurde für uns in Nauplia die Kirche: Materiallieferant. Jeder will leben. Bei Robinson hat sich die Mühe ja auch gelohnt, wie jedes Kind weiß.

Hätte diese Kirche es vermocht, sie hätte nur gelassen zu unserem Tun geschmunzelt. Diese Fluktuation von Gütern, das war sie gewohnt. Was hatte sie doch schon alles beherbergt und wieder fortgehen sehen: Öllampen und Pfarrer, Allah-Rufe und Rosenkränze, Muezzin und Glocken. Ja, hier hatte vor allem die wechselhafte Religionsgeschichte für Umtrieb gesorgt. So wurde eines Jahres zu islamischer Zeit der Kirche ein Minarett angebaut, das dann eines anderen Jahres zu christlicher Zeit wieder entfernt wurde. Das mächtige Altarbild übrigens, Kopie nach Raffael und Geschenk eines französischen Königs, das kam erst in neuerer Zeit abhanden. Ein polnischer Frommer heftete dann in der Kirche ein Poster mit der Ikone von Tschensto-chau an eine leere Säule. Mit Tesafilm.

Einmal spazierten wir zum nahen Xenia-Hotel und sahen die luftigen Zimmer, Menus nach Wahl und Leute in aprilfrischen Kleidern. Das tat irgendwie weh. Wir waren ja sozusagen die venezianischen Kellerasseln. Beim Ouzo an der Bar fiel uns dann Robinson wieder ein, und dass dieses Robinson-Syndrom der Weltgeschichte ständig im Nacken sitzt. Nicht weit, beispielsweise, ist Sparta. Hat man nicht aus dem alten, römischen Sparta seinerzeit Bauteile geholt, um das aufblühende byzantinische Mistra zu errichten? Und später alles wieder retour: Unter dem Bayernkönig Otto wurden aus demselben Mistra dann die Bauteile wieder zurückgeschafft, um das moderne Sparta zu bauen. So läuft das.

Alles fließt, sagt der Grieche Heraklit. PANTA RHEI.

Da musste ich an mein Freiburger Münster denken. Und wieviel Augen wohl schon begehrlich darauf starren mögen, um es aufzuteilen, umzumünzen, auszuschlachten, wegzutragen, zu verfremden. Und wieviel Leute vielleicht schon die Hände nach ihm ausstrecken. Leute, die Unverstandenes belächeln, funktionslos Gewordenes verhöhnen, Erstarrtes zweckentfremden. Leute, die arm sind. Leute des Neubeginns. Leute des Überlebens. - Hey Leute, lasst mir mein Münster stehn!

Alles fließt. Nun ja, fast alles.

Der Preis

Zu der Zeit, als Martha Högemann noch Redakteurin der Zeitschrift „kindergarten heute" war, veröffentlichte ich in fast jeder ihrer Nummern einen Aufsatz zur Kinderliteratur oder zum Thema Märchen. Dies beobachtete man offenbar in der Europäischen Märchengesellschaft (EM), und so bekam ich auf Betreiben von Frau Professor Ottilie Dinges für zwei dieser Artikel im Jahre 1988 den Journalistischen Förderpreis der Märchenstiftung Walter Kahn. Er war mit 5.000,- DM dotiert. Es gab auch noch einen zweiten und dritten Preis, aber ich hatte nun einmal den ersten.

Wolfgang Kuhlmann von der EM rief mich an und überbrachte mir die freudige Nachricht. Das war schon ein Glück! Und bald schon riefen Journalisten verschiedener Zeitungen an - vor allem wollten sie die Höhe des Preises wissen. In meiner Unwissenheit war ich allerdings der Meinung, den „Europäischen Märchenpreis" der EM bekommen zu haben, wurde dann aber recht bald eines Besseren belehrt. Vor allem Frau Dinges nahm mir diese „Hochstapelei" übel. Aber - wie gesagt - ich wusste es nicht besser. Heute bin ich recht stolz auf den „Journalistischen Förderpreis".

Preisübergabe war in Blaubeuren, dem Ort von Eduard Mörikes Schöner Lau. Wir fuhren im Auto zu viert hin: Mein Mann und ich, dazu Sohn Gabriel mit seiner damaligen Freundin Heike. Es war ein herrlicher Ausflug, ein großes Erlebnis, ich darin stolz und froh. Dort angelangt erwartete mich ein illustres Gremium. Neben allen Verantwortlichen der EM war auch als Gast der Kinderbuchautor Otfried Preußler da, von den

Märchenleuten vor allem die oben genannte Frau Dinges und die Märchenforscherin und -erzählerin Sigrid Früh. Bruno E. hatte mir Blumen geschickt. Auch Sigrid Früh hatte Blumen bekommen. Es gibt noch ein Foto, wo wir beiden „Märchenhexen" mit unseren Blumensträußen da sitzen und uns anlachen. Ich hielt eine kleine Dankesrede für die gelungene Laudatio und die Preisübergabe, und dann wurde vielfältig gratuliert und die Presse stand für Interviews bereit.

Diese Interviews fanden dann allerdings ein vorzeitiges Ende, weil mein Mann mich am Ärmel zupfte und wegrief. Ich dachte zu einem der Journalisten - aber er hatte mir nur in der angrenzenden Kapelle den berühmten Altar der ehemaligen Klosterkirche zeigen wollen. Das ärgerte mich, denn hinterher war der Markt verlaufen und kein Interview mehr möglich. Heute würde mir so etwas nicht mehr passieren. Aber mein Mann war damals noch nicht gewohnt, dass einmal ich im Vordergrund stand und nicht er. Ich glaube nicht, dass er eifersüchtig war, er war nur gedankenlos. Ich habe für später daraus gelernt. Er auch.

Der Preis ziert heute meine Biographie. Es kam später noch ein weiterer, weniger bedeutender, hinzu. Dennoch muss ich mir heute sagen, wie willkürlich doch solche Preise vergeben werden. Ich habe seither Besseres und Wichtigeres geschrieben, was keinen Preis bekam. So habe ich in meinem Regal einen ganzen Ordner mit Märchen-Essays, die zum Teil besser sind als die prämierten. Und kein Verlag hat sie angenommen zu einem Gesamtbuch. So habe ich sie eben einzeln in Zeitschriften veröffentlicht oder zu Vorträgen umgebaut. Es hätte eine gute Sammlung werden können mit dem Titel ES WAR EINMAL - ES IST - ES WIRD SEIN. Aber mit diesem Titel ist längst ein anderer an die Öffentlichkeit getreten, und Veröffentlichungen mit Märchenaufsätzen sind derzeit sowieso nicht gefragt. Der Ordner steht immer noch im Regal bereit.

Von dem Preisgeld habe ich mein erstes Lyrikbändchen bei der Edition L finanziert.

Rosmarienheide die Farbe verlor

„**S**ie hat noch sechs Wochen zu leben", sagte der Arzt, der sie wegen ihrer Salmonellenvergiftung behandelte. „Es wäre gut, wenn einer von Ihnen für diese letzte Zeit die Mutter zu sich nehmen könnte." Das sagte er zu uns sechs Geschwistern, die um ihn herum standen. Alle schauten auf meinen Mann und mich. Wir haben ein Haus. Wir dachten selber, dass wir es tun sollten.

Und so kam meine Mutter zu uns. Wir räumten unser Schlafzimmer in den oberen Stock, so dass es für sie frei wurde. Ein Krankenbett war schnell beschafft. So lag sie zentral, gut erreichbar, und auf dem Balkon vor ihrem Fenster blühten die Geranien. Es war Mai 1991. Mutti war sehr glücklich bei uns. Meine Geschwister kamen häufig sie zu besuchen, saßen dann bei ihr am Bett und taten ihr gut. Ein sozialer Dienst kam einmal täglich um sie zu waschen und zu betten. Und Sonntags wurde ihr die Kommunion gebracht.

Muttis Aufenthalt bei uns hatte viel Schönes. Nur erwies er sich für mich schnell als totale Überforderung. Ich hatte ja noch den Unterricht in der Schule, meine journalistischen Verpflichtungen, unseren eigenen Haushalt. Muttis Pflege bedeutete zusätzliche Wäsche, Windeln, Kochen, Füttern. Meine größte Belastung aber war mein Mann, der sich dieser Aufgabe mit übertriebenem Elan unterzog, so als hätte er jetzt endlich erst die Aufgabe seines Lebens gefunden. Vielleicht kam das von einem schlechten Gewissen seiner eigenen Mutter gegenüber, vielleicht von einer gewissen Unerfülltheit im eigenen Beruf. Er riss mich schon morgens

in aller Frühe dermaßen in seinen Pflegesog hinein, dass
ich bald auf der Strecke blieb. Und der Stress gebar den
Streit.

Mutti gedieh dabei. Von Sterben war gar nicht mehr
die Rede. Sie gedieh beim Anblick der Blumen, bei der
Umsorgung durch ihre Kinder. Sie gedieh unter den
Liebesworten meines Mannes („Wie schön, dass es dich
gibt"), sie gedieh bei den kleinen Rollstuhl-Ausfahrten
in den Garten. Einmal verweilte sie lange Zeit unter
dem Lärchenbaum. Da fing sie an zu singen, eines der
Löns-Lieder, die so bezeichnend sind für ihre Generation der Jugendbewegung:

Rosmarienheide blüht wieder im Moor
Rosmarienheide die Farbe verlor
Rosmarienheide zum zweitenmal blüht
Rosmarienheide erfreut kein Gemüt.

Sie hatte auch Träume und erzählte mir davon. Es
war viel Schatten in den Träumen, Bedrängnis - aber
immer wieder auch Licht. Sie spürte den nahen Tod,
aber sie ging ihm friedlich entgegen.

Dann kam der August mit den Schulferien, und
mein Mann hatte eine Reisegruppe nach Santiago de
Compostela zu führen. Jetzt war ich allein mit Mutti,
hatte selbst Ferien, und nun ging es besser. Ich hatte
vor allem nicht mehr den Düsenantrieb meines Mannes
im Rücken. Es war eine eigentlich schöne Zeit für uns
zwei Frauen. Dennoch hielt mein Rücken (ich hatte
einen Bandscheibenvorfall) die körperlich schwere Belastung nicht aus. Zudem hatte das Gesundheitsamt
interveniert, wir dürften nicht einen Patienten mit einer
so gravierenden Infektion pflegen und nebenher in die
Schule gehen. So musste unsere Mutter wieder ins

Heim. Sie ist dann bald darauf dort, am 17. August, friedlich gestorben. Als die Malteser sie bei mir abholten, stand ich am Weg und hatte ein sehr schlechtes Gewissen. Sie mochte mich auch als schuldig empfinden, denn ihr Blick traf den meinen mit der Wucht des Jüngsten Gerichts.

Ich werde diesen Blick nie mehr vergessen.

transit

eine rosa rosenknospe
ist mir abgebrochen
beim ordnen des straußes
ich habe sie
zu meiner kleinen gelben orchidee gesteckt
die im weinglas welkte
nun ist die junge
überschattet vom ernst der verblühenden
und auf die alte fällt
noch einmal
ein rosaroter schimmer
der jugend

deinen sarg
du mutter
hätten sie heimlich
noch einmal geöffnet
um dir eines
der unerwünschten foeten
in die armbeuge zu legen
damit wenigstens dieses eine
bewahrt werde
vor dem abfallhaufen

ihr zwei
wäret nun
eine ewigkeit lang
einander zugeordnet
rosa gelb

Salat für die Gäste

Mein Mann übt Nächstenliebe, eine christliche Tugend, die ihm angemessen ist. Er übt sie bei allen Gelegenheiten. Seine Mitmenschen achten ihn deshalb. Seine Hilfsbereitschaft steht hoch im Kurs. Nur: Wie setzt er sie in die Tat um? Da bin ich vielleicht der einzige Mensch, der Skepsis anmelden muss. Denn er setzte sie immer in die Tat um, indem er sie versprach, initiierte und den praktischen Rest mir überließ. Beispiele:

Der Berglehof war abgebrannt. Als Mann der ersten Stunde bot der Meinige dem geschädigten Ehepaar Unterschlupf in unserem Haus an. So weit, so gut. Doch unser Haus ist nicht groß, hat keine separate Wohnung für Gäste. Das Ehepaar hätte sich in unserer Wohnung bewegt, sie hätten von mir umsorgt, verköstigt werden müssen. Und das auf unabsehbare Zeit. So konnte ich die Nächstenliebe meines Mannes nicht ausführen. Spielverderber.

Ein andermal wurde unsere Nachbarin und Putzhilfe von ihrem Mann bedroht. Macht nichts, sagte mein Mann, kommen Sie zu uns. Und sie kam. Für lange Zeit. Sie kam in unsere Wohnordnung, Lebensintimität. Sie hatte Wünsche bezüglich des Essens. Sie redete gerne und viel. Ich konnte bald nicht mehr, war erschöpft, schließlich aggressiv. Endlich entlud sich meine Überforderung im denkbar falschen Moment. Es war Karfreitag. Das nahm sie mir gewaltig übel, bis zum Ende ihres Lebens. Mein Mann blieb ihr Idol.

Tante Elise, Ziehmutter meines Mannes, wäre auch gerne zu uns gezogen. Mein Mann lud sie geradezu ein. Aber der Tante Elise waren die Stube und das Badewasser zu kalt. Sie wollte ständig nur mit meinem Mann, nicht mit mir zu tun haben. Sie wollte höchstens für uns einkaufen und spielte dann dort die gnädige Frau, eine Rolle, die ich mir verkniff. Sie wollte immerzu beichten gehen. Von ihren Leiden erzählen. Ich war hochschwanger, damals. Und wer schrieb die Briefe der Freundschaft? Wer gratulierte zu Geburtstagen? Wer brachte die nachbarschaftlichen Blumen? Immer unterschrieb mein Mann, ließ grüßen. Mein war die Arbeit, die Aufmerksamkeit, sein die Ehre. Nur wusste das niemand. Auch nicht die vielen Gäste, die zum Essen kamen. Mein Mann bereitete dafür immer den Salat vor. Ich den ganzen Rest. Bei Tisch aber wurde immer nur über den Salat geredet. Alles andere war offenbar selbstverständlich.

Heute mache ich da nicht mehr mit. Aus Gründen der Selbsterhaltung wache ich über den Intimbereich unserer Wohnung, pflege meinen eigenen Freundeskreis. Und wenn wir Gäste haben, mache ich auch noch den Salat selber und bestimme damit den Gesprächsstoff bei Tisch. Mein Mann muss sich jetzt um seine eigene Ehre kümmern.

Viele, vor allem Frauen und Ältere, werden mich nicht verstehen. Sie werden sagen: Das ist doch selbstverständlich. So ist eben die Rolle der Frau. Das hat man vorher gewusst. Und das stimmt tatsächlich. Schlimm genug.

Ein priesterlicher Mensch

Benedikt. Schon der Name war für seine Tante Programm, und sie setzte ihn bei seinen Eltern durch. Mehr noch. In seinem vierten Lebensjahr nahm sie das Kind von Mannheim zu sich nach Freiburg und zog mit ihm schließlich nach Beuron um, wo sie Oblatin bei den Benediktinern war. Seine ganze Erziehung war religiös ausgerichtet. Das täglich oft mehrmalige Wandern in die Klosterkirche, das fromme Auspolstern der kindlichen Welt. Märchen waren darin verpönt, Abenteuerbücher konnten später nur heimlich gelesen werden. Das kindliche Malen wurde nur geduldet. Und das Kind machte mit. Es war biegsam, manipulierbar, stand auch unter dem ständigen Druck: Wenn du nicht funktionierst, musst du zurück zu deinem ungeliebten Vater. Das ging gut, bis zur Pubertät. Dann geriet dem Benedikt Franz Werfels Roman „Der veruntreute Himmel" in die Hände, und er warf seiner Tante das Buch zu Füßen: Die Tante dort, die Teta, das bist du! Teta hatte aus ihrem Neffen einen Priester machen wollen.

Tatsächlich war für die Tante Priestertum heimliches Ziel ihrer Erziehung. Einmal, weil es überhaupt obersten Stellenwert besaß, zum anderen mochte sie darin ihre eigene Erfüllung sehen: Einen Platz im Himmel, dazu einen Platz als Hausdame bei dem stolzen geistlichen Pflegesohn. Vorerst ging Benedikt auch den Weg ihrer Wünsche. Mit 10 Jahren kam er nach Freiburg in ein Knabenseminar, nach dem Krieg ins Konradihaus nach Konstanz. Beides waren propädeutische Orte zum Priestertum. Den Jungen wurde Selbstzucht anerzogen und abverlangt, blinder Gehorsam gegenüber der Kirche, ein verunglimpfendes Frauenbild und vor allem: den noch ungeprägten, unsicheren jungen Leuten wurde ein Bewusstsein ihrer Berufung eingeimpft: Nur der Berufene, der Gerufene wird Priester. Und ihr alle seid berufen. Das tat den mageren Knabenseelen gut.

Doch es zeigte sich bald nach dem Abitur, dass Benedikt nicht berufen war. Damit entstand in ihm das Bewusstsein des Ungenügens und des Versagens, das ihn Zeit seines Lebens nicht mehr verlassen sollte. Zuvor allerdings wurde er Aspirant im Beuroner Kloster, und man schickte ihn zum Theologiestudium nach Freiburg, damit er dort vor dem Klosterleben noch Weltluft schnuppern könne. Doch die Weltluft bescherte ihm schon nach 2 Semestern ein Nebenstudium an der Kunstakademie. Eine Entwicklung setzte ein, die ihn vielleicht zum ersten Mal in seinem Leben er selber sein ließ.

Durch verschiedene Informationen über Interna des Klosters Beuron schrumpften nämlich seine Ideale vom Kloster. Zudem wurde ihm das Malen mehr und mehr wichtig und er sah sich außerstande, in einer Zukunft ein Malerdasein mit dem eines Mönches zu verbinden. Willibrod Verkade, der sogenannte Malermönch, war ihm dabei ein abschreckendes Beispiel. Mit dessen ständigen Kompromissen wollte er selbst nicht Mönch sein. Dann wurde dem Benedikt sein ungeheurer Hunger nach dem Austausch mit einem Du bewusst und überhaupt seine Unfähigkeit zum Zölibat. Hatte nicht schon sein Vater gesagt: „Aus einer Familie wie der unseren kann nie ein Priester hervorgehen"?

Es war die große Krise seines Lebens. Wohin nun mit der so tief verinnerlichten Berufung? Da kam von

Karl Becker, seinem damaligen Studentenpfarrer, das erlösende Wort: „Warum willst du den Schimmel weiß anstreichen? Dein Ort der Verkündigung ist jetzt die Wand". Und so wurde fortan die Verkündigung Benedikts Lebenssinn. Er lebte sie aus in der Wandmalerei, als Kunsterzieher an der Schule und als Reiseleiter. Das allerdings brachte ihn in größte Konflikte mit seinem weiteren Leben. Denn er heiratete, gründete eine Familie.

Ein priesterliches Leben in der Familie? Das geht schwer. Eine Familie braucht die Gleichgewichtigkeit aller Mitglieder. Benedikt aber beanspruchte mit aller Radikalität seine priesterliche Berufung als Gesetz. Die Freizeit gehörte nicht der Familie, sondern kirchlichen Ehrenämtern. Dazu galt seine Gefolgschaft auch weiterhin der Kirche als oberster Instanz. Die Probleme, die daraus entstanden, habe ich erfahren.

Denn ich bin seine Frau.

wintermorgen

die nacht verlischt
im öden niemandsland
im unerlösten zwischenreich
des morgengrauens
erwachen
aufstehn

vor dem fenster wächst der tag
langsam
geht in den nachbarhäusern
eins ums andere
das morgenlicht an
leben wächst
draußen
drinnen
sinn keimt auf
hoffnung

und dann
schließlich
nach den ritualen des morgens
der aufbruch
zu dem ganz
ganz anderen

SHALOM

Es geht mir gut. Es geht mir gut?

Als ich ungefähr fünfzig Jahre alt war, überfiel mich von heute auf morgen eine schwere Depression. Zum einen kam sie vom veränderten Stoffwechsel, zum anderen aber von der Überforderung in meiner Ehe. Der Psychiater verordnete Lithium, was damals üblich war in der Annahme, Depressionen kämen von einer Störung des Mineralhaushaltes. Geholfen hat es nicht viel, höchstens die Leidensspitzen abgeschwächt.

Meine soziale Situation allerdings veränderte sich nicht. Mein Mann hatte viel zu tief ein Rollenbild verinnerlicht, nach dem er „Hausherr" war, ich weisungsgebunden. Damit nahm er mir die Luft zum Leben, und ich verzehrte meine ganze Kraft in der Selbstbehauptung. So konnte ich nicht gesund sein, geschweige denn alt werden. Solange er noch berufstätig war, hatten mich meine Freiräume über Wasser gehalten. Aber eines Tages war er in Rente und ständig zu Hause, und mein Leidensdruck erreichte die Grenze. Der erwies sich stärker als meine depressiven Ängste. So zog ich aus. Ich suchte mir eine Wohnung nahe der Fachschule, wo ich arbeitete, packte die mir gehörenden Möbel, Bücher und Sachen zusammen und zog dorthin. Ich war jetzt 65 Jahre alt.

Niemand kann sich vorstellen wieviel Licht, wieviel Freiheit plötzlich in mir waren. Ich tanzte durch die noch leere Wohnung und sang immerzu den Song des Marius Müller-Westernhagen

es geht mir gut
es geht mit gut

Alles Problematische, was diese meine neue Situation mit sich brachte, achtete ich damals und auch später nicht. Immerhin hatte ich die Heimat des Hauses aufgegeben. Meinen gesellschaftlichen Platz an der Seite meines Mannes. Ich hatte mich finanziell auf eigene, unsichere Beine gestellt. Mich der Kritik des Dorfes, der Kirchengemeinde ausgesetzt. Und weil ich gegangen war, wurde ich auch als die Schuldige angesehen, mein Mann dagegen bedauert, dass ihm seine Frau fortgelaufen sei, was wiederum ihn in seinem Selbstmitleid bestärkte. Das alles war mir unwichtig. Wichtig war mir nur: Ich durfte ich selbst sein, hatte die Freiheit, das Leben gewonnen. In diesem Vollgefühl ließ ich das Lithium weg. Ich brauchte es nicht mehr.

Von wegen. Kurz danach brach mit voller Wucht die Depression über mir zusammen. Der Körper, die Seele hatten mit dem Medikament ihren Schutz verloren. Ich kämpfte gegen den Selbstmord, wollte ihn nicht. Doch der Körper wollte ihn. Ich raste vor ihm davon, durch die Straßen von Freiburg, wollte mich auf dem Augustinerplatz bei einem Volksliedtreffen ablenken - es gelang nicht. Ich raste am Bahnhof vorbei, an den Obdachlosen die da hockten, und ich hätte mich am liebsten zu ihnen gehockt. Ich raste und raste vor dem Tod davon, bis ich schließlich an ein Telefon geriet und meine Ärztin anrief. Sie kam auch gleich mit einer Spritze. Aber die half wenig. Mein nächster Schritt war die Nervenklinik gleich um die Ecke. Dort fing man mich ein wenig auf. Erörterte meine Situation, fand heraus, dass ich mein Lithium eigenmächtig abgesetzt hatte und verordnete mir ganz schnell ein neues Medikament. Inzwischen - nachdem ich 15 Jahre Lithium genommen hatte - war die Forschung weiter gekommen und fand die Ursache der Depression jetzt im Hirn-stoffwechsel. Das neue Medikament spielte sich lang-sam ein und half mir wesentlich besser als das alte.

Zu meinem Mann bin ich 1997 nach drei Jahren Exil zurückgekehrt. Es gab noch ein paar goldene Fäden zwischen uns mit denen man versuchen konnte, ein neues Stück Leben zu stricken. Mein Mann versprach sich zu ändern (was er in der Folge auch ganz radikal tat). Und im Zusammenleben wurde etwas ganz We-sentliches geändert: Im Obergeschoss unseres Hauses bauten wir für mich eine eigene Wohnung aus mit eige-ner Außentreppe. Zudem ließ ich mir vom Rechtsan-walt einen Ehevertrag aufsetzen, der meine Finanzen regelte und mich zur Miteigentümerin unseres Hauses machte.

Jetzt auf einmal war ich für meinen Mann eine Frau, die ihm Achtung abnötigte. Er sah mich mit neuen Au-gen und freute sich an mir. Seine Machtgesten gingen verloren. Und über die Distanz der getrennten Woh-nungen im gemeinsamen Haus hatten wir nun viel mehr guten Kontakt miteinander.

Ein Telefongespräch

Ostermontag.

Ein Ferngespräch.

Hier Josef F. Kennst Du mich noch?

> Aber natürlich. Du. Nach so vielen Jahren.
> Sind es Fünfzig?

In all diesen Jahren hattest Du immer ein Stückchen Platz in meinem Herz.

> Was ist aus Dir geworden?

Ich bin jetzt 81 Jahre alt. Nach dem Studium damals habe ich eine HNO-Praxis in Stuttgart übernommen, die ich vor ein paar Jahren dann altershalber aufgab. Ich hatte mit meiner Frau fünf Kinder, von denen zwei Töchter nun auch schon wieder Ärztinnen sind. Jetzt bin ich häufig in der Steiermark, wo ich in einem primitiven Holzhaus ein einfaches Leben führe mit Holzhakken und mit Kumpels, für die ich einfach nur der Josef bin. Und Du? Was ist aus Dir geworden?

> Ich habe erst mit 27 Jahren einen Künstler geheiratet und mit ihm ein Kind bekommen. In meinem Leben hat der Beruf immer eine große Rolle gespielt. Und jetzt, mit 75 Jahren, bin ich immer noch journalistisch tätig.

- Schweigen -

Warum hast Du mich damals nicht gewollt?

> Du, ich war zwanzig, und ich habe vieles aus dem Unterbewussten entschieden. Ich glaube, ich war noch gar nicht fähig zu einer Beziehung, damals. Das war ich erst sehr viel später, als ich meinen

Mann kennenlernte. Außerdem wusste ich auch, dass Du ein Hausmütterchen wolltest, und das konnte ich nicht eingehen. Ich bin kein Hausmütterchen. Ich habe auch in meiner Ehe nach den schweren Aufbaujahren erst mal mein Studium abgeschlossen und mir eine Stelle gesucht, die mich sehr glücklich machte, mein Leben lang.

Ich war ja so verliebt gewesen in Dich, Hildegard, damals.

Wirklich? Ich hatte in jener Zeit den Eindruck, dass es eher ein Komplott war zwischen meiner Mutter und Dir. Meine Mutter hätte mich gar zu gerne verheiratet gesehen. Mit meinen Studienplänen konnte sie nie etwas anfangen.

- Schweigen -

Bist Du noch mit Deinem Mann zusammen?

Ja, wieder. Es gab vor einigen Jahren eine Krise, und ich bin für 3 Jahre ausgezogen, weil es einfach nicht mehr ging. Und dann haben wir eine Neuordnung unseres Zusammenlebens gefunden, und damit geht es eigentlich recht gut, bis auf den heutigen Tag. Und Du?

Es geht ordentlich. Meine Frau hat jetzt ein eigenes Schlafkämmerchen.

- Schweigen -

Ich freue mich, dass ich von Dir gehört habe.

Ich auch. Lebe wohl.

Lebe wohl.

Der Blitzer

In der Nacht zum 4. August 1993, so las ich in der Zeitung, zog im Karlsruher Stadtgarten ein junger Mann sein Hemd aus und warf es mit Schwung in die Höhe. Dann entledigte er sich seiner Hose und warf sie hinterher. Es folgten das Unterhemd, die Unterhose, Schuhe und Strümpfe, bis der Mann nackt unter den vollmondbeschienenen Bäumen stand. Er reckte sich, ging wie er war durch den Park zur Straßenbahn und stieg ein.

Das war nun freilich etwas ungewöhnlich, und die Polizei ließ auch nicht lange auf sich warten. „Bedecken Sie Ihre Scham", forderte ihn der Beamte, der ihn abführen sollte, auf, doch der junge Mann verstand dieses Beamtendeutsch nicht und reagierte erst, als der Polizist „Hose an!" schrie und ihm eine zuwarf.

Später, auf dem Revier, war dann großes Rätselraten Hatte man es mit einem Verrückten zu tun? Lag es am Vollmond? Sollte dies eine Provokation sein? War der junge Mann ein notorischer Blitzer? Ein älterer Hauptwachtmeister brachte es schließlich auf den Punkt. Das was es gewesen war: Der junge Mann war einfach vergnügt. Er war wahrscheinlich so voll Lebensfreude gewesen, dass er ihr Luft machen musste in dieser warmen Mondnacht. Und das hatte er dann ja auch getan.

Das war nicht mein Sohn Gabriel. Aber er hätte es sein können.

Aber der Blitzer ist dennoch in ihm verborgen, die Lust am verrückten Tun. Die Fähigkeit, vor Freude überzuquellen. Eines Tages oder Nachts wird das vielleicht die Schatten auf der Seele durchbrechen und hervorsprudeln.

Gib die Hoffnung auf den Blitzer nicht auf.

Lob der Langsamkeit

Letzte Woche Cloppenburg. Eine Reise von 32 Stunden zu einem Vortrag. Ich brauchte, bis ich dort war, zwei IC, einen Schülervorortszug und ein Taxi.

Von Freiburg aus quer durch Deutschland streifte ich Bahnhöfe, stieg an einigen um, suchte Anschlusszüge und Kioske mit Bounty, Snickers, Marsriegeln. Im Kopf wirbelten mir Fahrpläne, in den Ohren quirlte der Sound-Mix der Unterführungsmusikanten von Köln, Dortmund und Osnabrück.

Angelangt in Cloppenburg aß ich Wurst ohne Brot, duschte, schlief ein bisschen. Dann stand ich einen Vormittag lang vor Publikum, das zuhörte, rückfragte, diskutierte, wobei ich unmäßig viel Sprudel trank, was sicher einige missfällig bemerkten.

Schließlich alles wieder retour. Die Taxifahrerin nannte das Stress. Ich grinste und nannte es Abenteuer oder so. Dabei war die Frau höchstens dreißig, ich dagegen - na lassen wir das.

Am Bahnhof Cloppenburg - schon wieder Bahnhof - traf ich mich auf einen Sprung mit einem Freund. Zehn Minuten lang. Sein Vater hatte einst um meine Mutter gefreit. Ich wollte noch über den Verwandtschaftsgrad nachdenken und ob es hier überhaupt einen gibt. Bloß die Zeit war zu kurz.

Weiter retour. Jetzt wurde ich langsam müde. Meine Gedanken liefen schon nicht mehr korrekt vom Band (Osnabrück - Snickers - Dortmund - Unterführungsmusikanten - Umsteigen - Bounty - Wurst ohne Brot).

32 Stunden nach Aufbruch fuhr ich dann wieder im Freiburger Hauptbahnhof ein. Dort war die große Bahnhofsuhr inzwischen gemächlich weitergerückt, Strich um Strich. Vom Zusehen konnte einem schwindlig werden.

Kinder nach dem Herzen Gottes

Neulich fand ich ein Foto vom Beginn der 1940er Jahre. Darauf ist auf einer Felsnase bei Beuron im Donautal mein Freund Anton zu sehen und Benedikt, den ich später heiratete. Ich muss immer wieder Benedikts Gesicht anschauen - ein strahlendes, liebes Kindergesicht, trotz seiner 13 Jahre. So muss er gewesen sein, damals. Man hatte ihm ein Buch geschenkt, das hieß „Kinder nach dem Herzen Gottes", und so wollte er auch sein. Vor allem zeigte sich das gegenüber seiner Pflegetante, einer Dritt-Ordensfrau. Er begleitete sie in jede Andacht, jede Messe. Manchmal schmückte er ihr Frühstück mit Blumen, schrieb ihr dazu liebevolle Zettelchen (so berichtet er heute) und bewegte diese schwerfällige Frau zu immer wieder neuen Wanderungen. Er war wohl ein sehr frommes Kind, legte sich manchmal in Kreuzesform auf sein Bett, um damit Anteil zu haben am Leiden Christi.

Als ich dann mit ihm verheiratet war, war er ein ganz anderer Mensch. Der wollte Macht ausüben, über mich verfügen, war unverträglich, jähzornig, ständig überaktiv und bis zum Zerreißen gespannt. Er schlug sein Kind und einmal auch mich. Ich frage mich heute: Woher diese Veränderung? Vielleicht war er überfordert vom Hausbau, von seinem Beruf, vom Ehrgeiz. Vielleicht überwältigte ihn seine Rolle, in mir jemanden zu haben, der ihm nach seiner Ansicht untergeordnet war. Vielleicht hatte sich die frühere Bravheit später eine Kompensation gesucht. Vielleicht war ein anderes Erbgut zum Vorschein gekommen. Das dauerte vierzig Jahre, so ungefähr. Ich duldete, wurde dann listig, wehrte mich schließlich, begann zu streiten und ging am Ende von ihm fort.

Jetzt geht er auf die achzig zu und ist ganz sanft. Sein Gesicht ist weich und wieder strahlend geworden. Gestern wollte er mir Sonnenblumen schneiden. Dazu ging er krumm, auf den Stock gestützt, Schritt um Schritt einen Kilometer weit bis zum Acker. Dort konnte er dann nicht mehr. Ein junges Paar schnitt ihm die Blumen und fuhr ihn wieder heim. Sonnenblumen sind meine Lieblingsblumen. Sie sind die Blumen des August, in dem ich geboren bin.

Als Johanna verloren ging

Johanna ist meine Schwester. Mit ihr zusammen machten mein Mann und ich im Mai / Juni 2005 eine Flusskreuzfahrt von St. Petersburg nach Moskau, „Auf den Wasserwegen der Zaren". Für mich war es gut, dass Johanna dabei war, weil mein Mann schon recht behindert war mit seiner Parkinson-Krankheit. Und Johanna genoss es, eine eigene Kabine auf dem Schiff zu haben, und sie nicht mit jemandem teilen zu müssen. Kabine Nr. 336.

Johanna erlebte ich diesmal ganz neu. Als vorwitzig, emotional, neugierig und den Fotoapparat ständig im Anschlag. Und sie hatte immer eine große Handtasche dabei. Von einer gemeinsamen Studienfahrt nach Berlin erinnerte ich mich noch, dass sie darin ständig ihre gesamte Barschaft mit sich herumschleppte. Ich muss noch dazu sagen, dass unser Schiff, die LOMONOSOV, nicht alleine unterwegs war. Immer an den Anlegestellen lagen noch drei andere Schiffe daneben, einander gleich wie ein Ei dem anderen, nur mit einem anderen Namen, anderen Landsleuten als Passagieren. Wollte man nach einem Landgang zurück zu seinem Schiff, musste man erst die anderen durchqueren.

So schipperten wir von St. Petersburg los auf dem Fluss Swir und überquerten schließlich den Ladogasee. Bei Tisch wurde uns - da es ein Vierertisch war - noch eine alleinreisende Frau dazugesellt, Verena aus der Schweiz, die sich gleich mit Johanna anfreundete. Das war lustig die zwei zu erleben, die einmal Vreneli und Hannele geheißen hatten und jetzt reife Frauen sein wollten, über 70 die Johanna.

Da geschah es. Wir hatten schon eine Weile abgelegt und fanden uns zum Abendessen ein. Da fehlte Johanna. Wo steckt Johanna? Ich suchte sie in der Bar, auf ihrer Kabine. Keine Johanna. Mein Mann mutmaßte einen Schwächeanfall, ich eher einen Raubüberfall auf ihre Handtasche bei der letzten Station. Schließlich verständigten wir Markus, den Chef-Manager. Der telefonierte herum und es stellte sich heraus, dass sie beim Ablegen auf das falsche Schiff geraten war und erst bei der nächsten Anlegestation Mandrogy wieder zu uns überwechseln könne.

Als Johanna am nächsten Morgen wieder bei uns war, umarmte sie Markus in aller Herzlichkeit des Willkommens und stiftete unserer Tischgemeinschaft einen Sekt. Und dann berichtete Johanna, wie alles gelaufen war: Im Eifer des Fotografierens hatte sie das Schiff verwechselt, und als sie schließlich gewahr wurde, dass ihr Schlüssel bei der Kabine Nr. 336 nicht passte und dies offenbar die selbe Kabine bloß auf einem anderen Schiff war, war es zu spät. Das Schiff hatte schon abgelegt. Zu ihrer Panik trug noch bei, dass sämtliche Passagiere hier englisch sprachen. Bis der dortige Chef-Manager sich ihrer annahm, sie geistesgegenwärtig willkommen hieß und ihr eine Kabine zuwies zum Übernachten, wenn auch ohne Zahnbürste und Nachtgewand. In ihrer Verwirrung muss sie noch etwas von Alzheimer gesagt haben, etwa so: Alzheimer lässt grüßen.

Offenbar hatte man von Johanna nur das Wort Alzheimer verstanden, denn sie wurde fortan mit einer solchen Fürsorge umgeben, die bis dort ging, dass man ihr den Schlüssel in Verwahrung nahm. Das wurde ihr aber erst hinterher klar. Dann war fast alles wieder vergessen, und unsere fröhliche Tischgemeinschaft hatte jetzt eine Menge zu lachen und zu erzählen. In Mandrogy stapfte Johanna bereits wieder durch die Souvenierstände, mitsamt ihrer großen Handtasche.

Sie ist eben doch unser Hannele.

der kasten

Wenn der tod weiter in mir gewachsen ist
werde ich einen kasten nehmen
und alles hinein tun
was von mir bleiben soll
dann

das werden tagebücher sein
ein paar briefe
veröffentlichte
und unveröffentlichte manuskripte
alles von dem ich mir wünsche
dass es über mich hinausweist
dass es spuren sind
im sand meines lebens

wohin werde ich den kasten stellen
in meinem letzten lebensraum
einem bett
wird kein platz für ihn sein
wo wird platz für ihn sein
ich weiß nicht den ort
wer hat schon einen speicher
für meinen kasten
ich habe nur die wahnwitzige hoffnung
dass einer ihn findet
und öffnet
irgendwann

wie eine flaschenpost
werfe ich ihn hinein
in das meer der geschichte

den kasten
dass einer ihn findet
und öffnet
irgendwann
und weiß
sie hat gelebt
so hat sie gelebt

Stillleben mit Nonne

Als sie ein Kind war, fuhr sie einmal mit dem Fahrrad freihändig den Berg hinunter und jubelte dabei:

> Ich liebe dich wie Apfelmus
> so zärtlich wie Spinat

Mit diesem blöden Kindervers meinte sie Gott. Überhaupt sang sie Gott Schlager vor, häufiger als die angelernten Gebete:

> Hörst du mein heimliches Rufen

oder klassisch:

> Du bist die Ruh, der Friede mild
> die Sehnsucht du und was sie stillt

Die Gottesliebe gehörte zu ihrer Natur, wie es bei anderen dazu gehört, dass sie blond sind oder extrovertiert. Aber die Gabe der Liebe richtete sich nicht nur auf Gott. Von Kind auf war sie ständig verliebt. Mit einer ungeheuren Kraft und Treue. Nur in der Liebe konnte sie erfüllt leben. Dabei war damit keineswegs eine Beziehung verbunden. Nein, sie lebte sie für sich selbst. Das Vorhandensein einer Liebe trug sie, war ihre Natur. Keiner wusste davon. Das änderte sich erst, als später ihre Liebe einen Widerpart fand.

Aber wie und wen sie auch liebte, das Gespräch mit Gott war immer gegenwärtig. Nun möchte man denken, sie selbst oder ihre Erzieher hätten in ihr eine künftige Klosterfrau gesehen. Doch das kam niemandem in den Sinn, am wenigsten ihr selbst. Von ihren Eltern war sie ausschließlich für die Ehe erzogen worden, und dorthin führte auch ihr Weg. Sie ging ihn mit großer Tapferkeit und Verantwortung. Sie wurde Mutter. Sie diente. Sie kämpfte. Sie wurde mit einer Depression geschlagen, in deren Tiefen sie Christi Kreuz sah.

Einmal brach sie aus. Als ihre Ehe unhaltbar geworden war. Für drei Jahre zog sie um. Sie widerstand den Pharisäern, die ihr den Ort an der Seite ihres Mannes zuweisen wollten. Sie widerstand dem eigenen inneren Gefühl von Unordnung, dass da etwas nicht recht sei in ihrem Verhalten. Sie widerstand der Einsamkeit, als fast alle von ihr abrückten. Sie blieb fort von ihrem Mann, bis sich ein neuer Weg mit ihm gefunden hatte, der lebbar war.

Einmal erlebte sie daneben eine große Liebe, auf Jahre hinaus. In einer Beziehung diesmal, nicht nur in ihrem Inneren. Sie konnte sich gar nicht dagegen wehren. Aber auch dort blieb sie immer im Gespräch mit Gott. Und der sagte ihr, dass dieses rechtens sei, nur dürfe sie ihren Mann nicht damit kränken. Und das tat sie auch nicht. Er war informiert, über fast jeden Schritt von ihr und ihrem Freund. Keine zerstörenden Heimlichkeiten. Es war eine wunderbare Zeit des Aufbruchs, der Erfüllung, des Reifens, des literarischen Niederschlags.

Einmal kaufte sie sich eine Vespa. Das nun war für sie der Inbegriff von Freiheit, von Loslassen, von Abenteuer, von Risiko. Irgendwo musste da ein Manko in ihrem Leben gewesen sein. Dann ging auch diese Zeit vorbei. Sie war satt geworden.

Einmal ging sie auf eine Brücke zu und dachte: Wenn jetzt dort Christus stände und sagte HALT, es ist der Jüngste Tag. Da rannte sie in ihrer Vorstellung, rannte auf ihn zu zur erfüllenden Umarmung.

Immer waren die Toten Teil ihres Lebens. Vor allem in den Träumen waren sie ihr nah. Mit einigen - den Geliebtesten unter ihnen - machte sie noch Entwicklungen durch, erlebte Wege und Erfüllung im Reich der Transzendenz.

Später dann schloss sie sich einer offenen Gemeinschaft an, die Spiritualität inmitten der Welt lebte. In jedem Erlebnis des Tages, auch dem unscheinbarsten, sah man dort einen Fingerzeig Gottes, das Wirken seiner göttlichen Pädagogik. Das machte ihre Tage froh und geborgen. Und wenn sie auch einmal längere Zeit keine Berührung mit dem Göttlichen spürte, so wusste sie sich doch unentwegt vor dem verhüllten Antlitz Christi. Ihre Gebete wurden karger, manchmal waren sie nur noch ein einziges Wort: DU.

So wuchs in ihr die ewige Seligkeit schon zu Lebzeiten, und eines Tages würde so das Leben unmerklich in den Tod übergehen. Sie dachte DER HIMMEL IST IN MIR könnte einmal auf ihrem Grabstein stehen.

Eines Tages wird sie Witwe sein. Und wer weiß? Vielleicht wird sie dann ganz bewusst Abschied nehmen von Geltungsbedürfnis, Schönheit, Karriere und dem geliebten Umtrieb und den Schleier der Karmelitinnen nehmen.